DIÁRIO DE UMA JOVEM NA GUERRA DA UCRÂNIA

YEVA SKALIETSKA

YEVA SKALIETSKA

DIÁRIO DE UMA JOVEM NA GUERRA DA UCRÂNIA

GLOBOCLUBE

Copyright © Yeva Skalietska 2022
Copyright da tradução © 2023 by Editora Globo S. A.

Direitos de tradução conforme acordo com Vicki Satlow, The Agency SRL

Todos os direitos reservados. Nenhuma parte desta edição pode ser utilizada ou reproduzida — em qualquer meio ou forma, seja mecânico ou eletrônico, fotocópia, gravação etc.— nem apropriada ou estocada em sistema de banco de dados sem a expressa autorização da editora.

Texto fixado conforme as regras do Acordo Ortográfico
da Língua Portuguesa (Decreto Legislativo nº 54, de 1995)

Título original: *You Don't Know What War Is: The Diary of a Young Girl From Ukraine*
Editor responsável **Lucas de Sena**
Assistente editorial **Jaciara Lima**
Revisão **Thamiris Leiroza**
Capa e diagramação **Julia Ungerer**
Ilustração de capa **Bárbara Quintino**

Texto principal © 2022 Yeva Skalietska, "As histórias dos meus amigos" © 2022 autores anônimos, Mapas © 2022 Olga Shtonda, Todas as fotos © 2022 Iryna Skalietska, exceto: Fotos nas páginas 182, 199, 208 © 2022 Sally Beets, Fotos nas páginas 72, 163, 165 © 2022 Paraic O'Brien, Fotos nas páginas 78 e 176 © 2022 anônimo, Fotos nas páginas 131 e 137 © 2022 Catherine Flanagan

Este livro é baseado em eventos reais conforme lembrados pela autora. No entanto, os nomes e características identificadoras de certos indivíduos, incluindo todos os menores e pessoas ainda baseadas na Ucrânia, foram alterados para proteger sua privacidade.

CIP-BRASIL. CATALOGAÇÃO NA FONTE
SINDICATO NACIONAL DOS EDITORES DE LIVROS, RJ

S638d
Skalietska, Yeva, 2010-
Diário de uma jovem na guerra da Ucrânia / Yeva Skalietska ; tradução Regiane
Winarski. - 1. ed. - Rio de Janeiro : GloboClube, 2023.
: il. ; 21 cm.

Tradução de: *You Don't Know What War Is: The Diary of a Young Girl From Ukraine*
ISBN 978-65-85208-01-7

I. Skalietska, Yeva, 2010- Literatura infantojuvenil brasileira. 2. Meninas - Ucrânia - Biografia. 3. Crianças refugiadas - Ucrânia - Biografia. I. Winarski, Regiane. II. Título.

| 23-82142 | CDD: 808.899282 |
| | CDU: 82-93(477) |

Gabriela Faray Ferreira Lopes - Bibliotecária - CRB-7/6643

1ª edição | 2023

Direitos de edição em língua portuguesa para o Brasil
adquiridos por Editora Globo S.A.
Rua Marquês de Pombal, 25 – 20230-240 – Rio de Janeiro – RJ
www.globolivros.com.br

Para a vovó

1. **Apartamento de Yeva**
2. **Escola de Yeva**
3. **Casa de Inna**
4. Shopping Nikolsky
5. Catedral da Assunção
6. Rodoviária
7. Derzhprom
8. Feldman Ecopark
9. Praça da Liberdade
10. Parque Gorky
11. Aeroporto de Kharkiv
12. Hospital Infantil da Cidade de Kharkiv
13. Estação Ferroviária de Kharkiv
14. Universidade de Kharkiv
15. Zoológico de Kharkiv
16. Chafariz do Macaco
17. Teatro da Ópera e do Balé
18. Estação de Metrô Prospekt Haharina
19. Rodoanel de Kharkiv
20. Jardim Municipal Shevchenko
21. Mosteiro Svyato-Pokrovsky
22. Palácio de Casamento

Prólogo

Todo mundo conhece a palavra "guerra". Mas poucas pessoas entendem o que ela significa de verdade. Pode-se dizer que ela é horrível e assustadora, mas sem saber a verdadeira escala de medo que ela traz. E assim, quando você descobre que precisa enfrentá-la de repente, a sensação é de estar totalmente perdida, isolada pelo medo e pelo desespero. Todos os planos que você tem são interrompidos sem aviso pela destruição. Quem nunca esteve em uma guerra não sabe como ela é.

Antes

14 de fevereiro de 2022

Líderes em tentativa final de evitar invasão da ucrânia
— *The Times*

Conselheiro Nacional de Segurança de Biden diz que a Rússia pode invadir a Ucrânia "a qualquer momento"
— cnn

O presidente declara o dia 16 de fevereiro dia da união para os ucranianos
— *Kyiv Post*

Contagem regressiva para a guerra
— *Daily Mirror*

Meu aniversário • Minha vida

Acordei cedo na manhã de 14 de fevereiro. Hoje é meu aniversário. Eu faço doze anos, sou quase adolescente! Tem uma surpresa no meu quarto: balões! Cinco! Tem um prateado, um rosa, um dourado e dois que são turquesa. Fico animada sabendo que vou ter mais surpresas.

Tem mensagens chegando no meu celular, de pessoas me desejando feliz aniversário. Sete pessoas já me mandaram mensagens antes de eu sair do apartamento. Estou ansiosa para chegar à escola e, quando eu chego, todos param no corredor para me desejar feliz aniversário. Fico sorrindo de orelha a orelha o dia todo, meu rosto até começou a doer. Vou comemorar meu aniversário no sábado com uma festa de boliche no shopping Nikolsky. Já distribuí os convites e todos estão animados!

Depois da aula, vou para casa. Eu moro com a minha avó, Iryna, mas, quando a minha mãe vem da Turquia nos visitar, eu fico com ela na casa dos meus outros avós, a vovó Zyna e o vovô Yosip. A minha mãe veio para o meu aniversário, mas meu pai mora e trabalha no exterior e não pôde vir desta vez. A vovó Iryna, a minha tia, o meu tio e meu priminho vão até lá para um chá de aniversário especial. Eu toco uma valsa de Tchaikovsky e "Für Elise", de Beethoven, no piano. Todos escutam; é bem tranquilo. Depois, tomamos chá com doces e sanduíches e, o melhor de tudo, um bolo delicioso com velas em cima!

Finalmente chegou o dia! Meu décimo segundo aniversário! Aqui, estou cercada de presentes na minha festa no boliche. Eu tenho tanta sorte.

19 de fevereiro

Finalmente chegou o dia e nós vamos jogar boliche. Eu amo tanto! Gosto de jogar as bolas. De marcar uma pontuação alta. De me divertir! Nós chegamos e eu me encontro com meus amigos. Muitos me dão presentes em dinheiro. Mas um dos meus amigos vai bem mais longe... ele me dá um lindo buquê de flores e uma correntinha elegante de prata italiana com pingente. A alegria que eu sinto não tem limites. Agradeço um milhão de vezes e espero que ele veja a sinceridade nos meus olhos.

Nós começamos o jogo. Sou a primeira e estou indo muito bem porque já joguei boliche antes. Estou muito competitiva! Gosto de jogar e fico impaciente para chegar a minha vez de novo. Minha amiga Olha está indo muito bem também. Kostya joga a bola na velocidade da luz, mas não parece se importar com a direção em que jogou, e por isso não vai muito bem. Taras tem uma abordagem bem curiosa: ele acha que vai conseguir um strike se começar correndo, e isso acaba dando certo. Eu ganho uma das duas rodadas, mas, no fim, apesar de estar competitiva, não importa quem ganha: é bom estarmos juntos.

20 de fevereiro

Chega o dia seguinte e a minha mãe volta para a Turquia. Meus pais se separaram quando eu tinha dois anos e moro com a minha avó Iryna desde essa época. Nós somos muito felizes juntas, só nós duas.

Minha vida é ocupada. Eu tenho aulas de inglês duas vezes por semana e estou gostando muito de aprender o idioma. Todos os domingos, vou para o centro da cidade ter aulas de piano. Passo por casas antigas com janelas grandes e pelo Palácio de Casamento, que foi construído em 1913, mas do que mais gosto na região são as lojas.

Kharkiv[1] tem um monte de lugares bonitos: o centro da cidade, o Jardim Municipal Shevchenko, o zoológico e o Parque Gorky. O Jardim Shevchenko é especialmente bonito e tem um chafariz musical incrível com macacos tocando instrumentos diferentes. Tem também um delfinário bem legal ali perto, onde podemos visitar golfinhos e belugas. Tem uma rua pavimentada linda que leva até o Derzhprom, um grupo de prédios altos na Praça da Liberdade[2], e sempre que a vovó e eu precisamos acalmar nossas almas, nós visitamos o Mosteiro Svyato-Pokrovsky.

Eu sou feliz na escola. Gosto muito de aprender e rir com meus amigos e sempre tento não me atrasar para as aulas. Adoro os intervalos entre as aulas, principalmente os mais longos, porque eu sempre me divirto com meus melhores amigos, Evhen e Olha — nós corremos pela escola e giramos como foguetes[3]. Minhas matérias favoritas são geografia, matemática, inglês e alemão. Quando as aulas acabam, meus amigos e eu caminhamos juntos para casa.

1 Kharkiv, ou Khakov, a cidade de Yeva, é a segunda maior cidade da Ucrânia. Fica no nordeste do país e tinha uma população de quase 1,5 milhão de pessoas em 2021. É um grande centro cultural e industrial da Ucrânia.
2 A Praça da Liberdade é a maior praça urbana da Ucrânia e recebeu muitos eventos grandes como shows e feiras. O prédio Derzhprom fica em uma ponta da praça. Construído no período soviético, em 1928, era conhecido como "o primeiro arranha-céu soviético".
3 A terminologia militar entrou sorrateiramente na língua ucraniana, e as crianças às vezes usam nas brincadeiras. É provável que a origem seja da época da União Soviética, quando os avanços na tecnologia militar eram vistos como algo a ser comemorado.

Adoro a sala do apartamento da vovó Iryna. É aconchegante, com poltronas confortáveis. Eu faço meu dever de casa em uma mesinha fofa. Meu cavalete e minhas tintas a óleo ficam no meio da sala. Sempre que estou inspirada, eu me sento e pinto. No quarto, eu sempre deixo meu bicho de pelúcia favorito, uma gata rosa, na cama. A gata é comprida (como uma salsicha), tem a barriga branca e eu a chamo de Chupapelya. Não sei por que escolhi esse nome, nem o que significa, mas assim ficou.

As janelas da sala dão vista para a cidade e as janelas do quarto são viradas para outras casas e para campos vazios enormes que levam à fronteira com a Rússia.

O apartamento da vovó tem uma cozinha grande cheia de móveis italianos. Tem uma palmeira alta em um vaso no canto (nós temos muitas plantas), e eu gosto muito de tomar banhos quentes e longos na nossa banheira de hidromassagem enorme. É uma casa linda e fica em um bairro ótimo no nordeste dos arredores de Kharkiv.

Eu costumo ter muito dever de casa. Quando acabo, eu ligo a televisão. E aí, caio em um sono tranquilo.

A vida é assim. Claro, houve boatos e murmúrios sobre a Rússia, mas não passam disso: palavras. A vida no dia 14 de fevereiro é normal. E no dia 15, no dia 16, no dia 17... e até as primeiras horas do dia 24 de fevereiro de 2022, minha vida é tranquila.

Pintar é um dos meus hobbies preferidos.

Eu no meu apartamento de Kharkiv, pronta para a escola.

Guerra na Ucrânia

24 de fevereiro de 2022

A UCRÂNIA DECLARA ESTADO DE EMERGÊNCIA PERANTE POSSÍVEL INVASÃO RUSSA
— *Irish Times*

ESTRONDOS DISTANTES OUVIDOS EM KHARKIV, A SEGUNDA MAIOR CIDADE DA UCRÂNIA
— *Washington Post*

A RÚSSIA ESTÁ EM UM "CAMINHO MALIGNO", DIZ ZELENSKY, PRIMEIRO-MINISTRO DA UCRÂNIA
— *CNN*

FORÇAS TERRESTRES RUSSAS ENTRAM NA UCRÂNIA
— *Kyiv Post*

O MUNDO ENFRENTA UM "MOMENTO DE PERIGO", DIZ ONU
— *Independent*

Dia 1

O começo • Horror •
Guerra • O medo nos meus olhos

A noite tinha sido bem comum. Eu estava dormindo profundamente. Mas aí, por algum motivo, eu acordei de repente bem cedinho. Decidi sair do quarto e tentar dormir na sala. Eu me deitei no sofá, fechei os olhos e comecei a pegar no sono.

5h10 Fui acordada de repente por um som metálico alto que ecoou pelas ruas. Primeiro, achei que fosse um carro sendo esmagado em metal compactado, o que teria sido estranho porque eu não moro perto de um ferro-velho.

Mas me dei conta de que era uma explosão.

Vi que a vovó estava parada na janela, olhando na direção da fronteira russa. Ela estava vendo mísseis voando sobre os campos. De repente, um foguete enorme passou voando e explodiu com tanta força que senti meu coração ficar gelado no peito.

Diário de uma jovem na Guerra da Ucrânia **21**

Alarmes de carros estavam disparando. A vovó estava tentando ficar calma. Ela se aproximou e disse: "Putin vai mesmo começar uma guerra contra a Ucrânia?"

Eu estava em estado de choque. Não sabia o que dizer. Eu sabia que a vovó estava falando a verdade, mas era muito difícil de acreditar. Eu tinha crescido ouvindo falar sobre guerras, mas nunca tinha estado em uma. Eu fiquei apavorada.

Nós não tivemos tempo de pensar. Ninguém nos disse o que devíamos fazer se uma guerra começasse. Nenhum de nós estava preparado para uma guerra. Nem eu, nem a vovó, nem os nossos vizinhos. Nós só sabíamos que tínhamos que sair do apartamento e ir para o porão.

Minhas mãos estavam tremendo, meus dentes estavam batendo. Eu me sentia esmagada pelo medo. Percebi que estava tendo o primeiro ataque de pânico da minha vida. Vovó ficou tentando me acalmar, me dizendo que eu precisava ter foco. Antes de sairmos, vovó botou um pingente de crucifixo de ouro no meu pescoço. Eu ganhei o colar quando fui batizada, mas nunca o tinha usado. Depois vovó escondeu a caixa de joias no guarda-roupa.

Eu olhei meu celular. Uma discussão sobre o que estava acontecendo tinha começado no nosso grupo da escola.

Quando estávamos prontas, fomos para o porão. Quando entramos, eu comecei a ter sensações de pânico de novo: não conseguia respirar, minhas mãos ficaram frias e suadas.

A guerra tinha começado.

Explosões, ruídos, meu coração batendo alto; eu não conseguia pensar em meio ao medo e ao barulho. Meus olhos estavam ficando cheios de lágrimas. Eu estava com medo pelas pessoas que eu amava e por mim.

Nosso porão não foi construído para ser abrigo contra bombas. Havia canos quentes e frios para todo lado. Muita poeira. O teto era bem baixo. Havia janelinhas que ficavam na altura da rua. Homens colocaram sacos de areia para bloqueá-las, para que ninguém se machucasse com estilhaços de vidro voando se houvesse uma explosão. Tinha muita gente lá embaixo.

Depois de um tempo, quando ficamos em silêncio, reuni coragem para sair do porão e olhar lá fora. Peguei o celular e abri nas notícias. As pessoas estavam se reunindo, falando alto, tentando entender o que estava acontecendo. Mas aí... bombardeios, intensos e frequentes. Nós voltamos correndo para o porão, que agora é nosso abrigo contra bombas.

Depois disso, um terceiro ataque de pânico, lágrimas, mais explosões do que eu era capaz de contar...

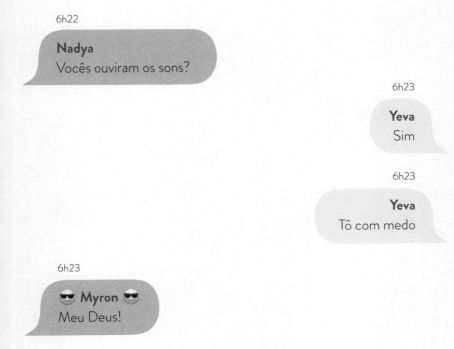

6h31

Misha
Eu tô morrendo de medo

6h31

Tolya 🤘
Tô com medo das explosões perto da minha casa

6h32

Tolya 🤘
A cem metros

6h32

😎 **Myron** 😎
Eu vi tanques

6h32

😎 **Myron** 😎
Outra explosão

6h32

😎 **Myron** 😎
E outra

6h33

Misha
É

6h33

😎 **Myron** 😎
Que saco, o que a gente faz agora?

6h34

Ruslan
Não se preocupa, pessoal

6h34

Ruslan
Fiquem calmos

6h34

😎 **Myron** 😎
Gênio. Simples assim!

6h34

Ruslan
Eu rezo pra deus pra tudo ficar bem

6h34

Misha
É

6h47

Yeva
Oi pessoal, eu fui lá fora e tá com cheiro de queimado

Diário de uma jovem na Guerra da Ucrânia   25

11h30 Nosso vizinho foi ao mercado tirar dinheiro do caixa eletrônico, mas não conseguiu. Tinha soldados ucranianos com metralhadoras lá e as explosões recomeçaram e as pessoas saíram correndo para casa. Apavorado, nosso vizinho também fugiu. Disseram que havia atiradores de elite ucranianos nos telhados dos prédios.

Quando ouvi isso, liguei para todos os meus amigos para perguntar como eles estavam. Algumas das experiências deles tinham sido bem intensas.

Minha amiga da escola, Maryna, disse que ela demorou uma eternidade para chegar a um abrigo antibombas porque o trânsito estava horrível. A Olha está entocada em casa e diz que não vai a lugar nenhum. Um dos meus amigos de escola sentiu o prédio tremer. Outro ouviu uma bomba explodir a cem metros de casa. Ele sentiu as janelas sacudindo.

E é só o começo desse inferno.

12h30 Convenci a vovó de voltar um pouco para casa. Nós tomamos um banho rápido e almoçamos. Eu peguei meu diário porque quero começar a escrever as coisas conforme forem acontecendo. Também peguei meu laptop, papel e lápis caso eu queira desenhar, um pouco de comida e travesseiros e cobertores. Depois, nós voltamos para o porão.

15h20 Estamos ouvindo boatos de que em trinta minutos vai haver aviões, tropas e bombas.

16h Ainda não aconteceu nada. Todo mundo fica se olhando com ansiedade.

Os dias ensolarados nunca me surpreendiam. Um céu tranquilo não era fora do comum. Mas isso mudou agora. Antes, quando eu ouvia sobre crianças no meio de um combate militar, eu não entendia como era horrível. Vejo com outros olhos agora que passei cinco horas entocada em um porão. Eu sinto com clareza, com uma sensação de dor e medo. O mundo mudou para mim; está com cores novas. O céu azul, o sol forte, o ar fresco... tudo parece tão lindo. Eu sei agora que tenho que apreciar tudo.

O tempo todo tem boatos novos nos noticiários. Um deles, em que eu acreditei na hora, me fez pensar que escrever este diário poderia acabar sendo perda de tempo. Foi um boato de que a Rússia tinha retirado as forças da Ucrânia e Kharkiv tinha defendido sua independência. No entanto, logo ficou provado que era uma notícia falsa, porque ouvimos mais explosões e bombardeios.

Agora, só tenho uma pergunta na cabeça: como vai ser a noite? Já ouvi que, na guerra, as noites e as manhãs são as mais assustadoras, porque nunca se sabe o que esperar. Acho que vamos ter que esperar para ver.

16h55 Tem confronto. Tiros de metralhadora ou disparos de mísseis? Não sabemos.

Nós conseguimos algumas folhas de papelão de caixas antigas e as usamos, junto com os cobertores e travesseiros que pegamos mais cedo, para fazer uma cama improvisada e dormir. Alguém levou uma mesa e cadeiras junto com alguns jogos de tabuleiro para distrair as crianças do que está acontecendo.

O porão tem duas saídas, uma de cada lado, que levam para a rua, mas é assustador demais sair. O porão ocupa todo o comprimento do nosso prédio, como se fosse um túnel comprido. Os homens nos mostram onde fica o banheiro. Todo mundo entende que ficaremos ali um tempo.

Os homens estão botando uma tranca em uma das portas, para podermos trancá-la à noite. Decido verificar se também

Diário de uma jovem na Guerra da Ucrânia   **27**

botaram tranca na porta do outro lado do porão e descubro que não botaram. De repente, minha amiga Nadya entra pela porta na hora que está sendo fechada por um dos adultos. Ela me abraça com o máximo de força que consegue e eu retribuo, tentando acalmá-la; ela está tremendo. Ela ouviu explosões na rua.

18h40 Está escuro agora. Eu saio para respirar ar puro um pouco e está silencioso. Eu volto para o porão.

Nadya e a família dela pensaram em voltar para casa, mas, na hora que estavam se preparando para ir... *BUM*!... uma explosão. Eles decidiram ficar por lá, no fim das contas.

Os adultos estão todos dizendo que o pior ainda está por vir.

Ficamos sabendo que agora há toque de recolher, das 22h às 6h. Também ficamos sabendo que ninguém pode sair do abrigo antibombas porque podem começar os bombardeios a qualquer momento. É...

Duvido que a gente vá conseguir dormir direito esta noite.

21h. Eu nunca senti o tempo passar tão devagar. Há bombardeios o tempo todo. Ao que parece, a Rússia cercou a Ucrânia. Querem a rendição de Kharkiv. Mais bombardeios. Eu quase tenho outro ataque de pânico. Eu me sento ao lado da vovó e ela me abraça. Estamos com medo. Estão dizendo que a água e a eletricidade na cidade terão que ser cortadas no dia seguinte, porque não conseguem continuar o fornecimento em época de guerra, mas não vamos ceder ao desespero. Só podemos rezar.

Todo mundo está cuidando da vida. Alguém está dormindo (ou fingindo, pelo menos). Outros estão falando com amigos e familiares no telefone, tentando pensar no que fazer agora. Uma pessoa está contando as notícias para todo

Escondidos no porão debaixo do prédio nas primeiras horas da guerra, jogando com outras crianças do bairro para distrair a cabeça do que está acontecendo.

mundo. Algumas pessoas idosas estão encolhidas nas cadeiras sem dizer nada. Nós, crianças, estamos sentadas em volta de uma mesa, algumas desenhando, algumas jogando cartas, e eu entrei em um grupo que está jogando dominó. Outras pessoas estão grudadas nos celulares.

Vovó está ligando para as amigas para saber como elas estão. Está perguntando se podemos nos encontrar e nos juntar a elas em um abrigo mais seguro, porque estamos perto demais dos acontecimentos e os bombardeios podem piorar.

Mas não estamos desanimando, pois nós somos otimistas e apoiamos uma à outra.

Ouvimos que outros países estão propondo sanções e se recusando a mandar mais armas. De certa forma, isso talvez seja melhor...

25 de fevereiro de 2022

Rússia ataca Ucrânia com artilharia enquanto o ocidente condena a invasão
— *New York Times*

Zelensky declara mobilização geral na Ucrânia
— *Kyiv Post*

Explosões ouvidas em Kyiv conforme as forças da Rússia se aproximam
— *Washington Post*

Putin invade
— *Guardian*

Pontos turísticos ficam amarelos e azuis em solidariedade à Ucrânia
— *Independent*

Dia 2

Uma noite tranquila • Fuga para a segurança • Nossas vidas são mais importantes • Mudando de lugar

O resto da noite foi tranquila; não houve bombardeios. Todo mundo pareceu dormir. Quanto a mim, comecei a ficar sonolenta por volta de 22h30 e consegui adormecer. Acordei às 6h.

Vovó acha que vai ser seguro irmos em casa e pegar alguma coisa para comer, tomar um banho e voltar rapidinho para o porão. Não podemos ficar muito tempo no apartamento porque não é seguro lá, no quinto andar.

7h30 Estou tomando café da manhã, pão com manteiga e chá. Fico olhando pela janela para ver se tem algum tanque ou míssil. Não tem.

8h Nós arrumamos nossas malas. Eu pensei: *Pararam os bombardeios?* Mas aí, ouvi uma explosão: *Não pararam.*

Descemos rapidamente e saímos do prédio. Estava muito frio. Para minha surpresa, tinha começado a nevar. Dizem que vai continuar nevando nos dias seguintes.

Eu tentei andar como se não houvesse nada errado, apesar de estarmos com medo de começarem a bombardear de novo. Mas, felizmente, tudo ficou silencioso.

A palavra "abrigo" foi escrita acima da marquise pequena na entrada do porão.

Olhei as 180 mensagens enviadas no chat da escola durante a noite.

Um dos meus amigos está enviando mensagens dizendo que está com medo de explodir porque mora perto de onde tudo está acontecendo. Outro compartilhou um vídeo do que está acontecendo em Sumy[4]. Parece que a cidade está pegando fogo. Dois colegas de turma ficaram trocando mensagens a noite toda.

8h30 Quando voltei a olhar lá para fora, ouvi o som de tanques passando. Estavam indo na direção de Kyiv. Eu achei que vi alguma coisa voando pelo céu em grande velocidade e supus que era um míssil. Quem sabe se acertou ou não? Talvez eu só esteja sendo paranoica.

8h40 Recebi uma ligação da minha colega Maryna, que queria me contar que a tia disse que os bombardeios vão recomeçar em meia hora. Pouco depois da ligação, eu peguei no sono por cerca de uma hora. Não houve bombardeio, no fim das contas.

---

4 Sumy é uma cidade no nordeste da Ucrânia, perto da fronteira com a Rússia. A batalha de Sumy começou no dia 24 de fevereiro de 2022 e envolveu os exércitos lutando nas ruas, até a Rússia acabar retirando as tropas da área.

Depois, soubemos que tanques ucranianos e veículos blindados[5] estão posicionados entre prédios. Estamos com medo de acabarmos sendo usados como escudo humano. Vovó decidiu que vai ligar para a amiga Inna para ver se podemos ficar com ela. Nós ligamos para a empresa de táxis e esperamos o que pareceu uma eternidade para que respondessem.

Quando o táxi chegou, nós entramos e fomos para a casa de Inna.

Eu perguntei à vovó: "E as nossas coisas?"

Ela respondeu: "Vamos ter que deixá-las. Nossas vidas são mais importantes!"

Eu deixei meus amigos.

Isso dói...

Mas nós fazemos o que precisamos fazer para sobreviver. Nós temos que nos salvar a qualquer custo.

Conforme percorríamos Kharkiv, eu achei que a cidade parecia estranhamente normal, fora as longas filas nas farmácias e mercados. Não tem nenhum soldado perto das lojas agora.

Enquanto estávamos na rua, nós vimos um veículo do exército que tinha quebrado. Depois, vimos outro, carregando soldados ucranianos. "Por que eles estão passando aqui?", perguntei. Foi estranho vê-los nas nossas ruas normais.

"Tenta não pensar nisso", disse a vovó.

Depois de uns trinta minutos, nós chegamos na casa de Inna em Nova Bavaria, na extremidade ocidental de Kharkiv. É uma casinha fofa e aconchegante. É melhor lá. Houve bombardeios lá, mas não muitos. Por outro lado, fica um pouco mais alto e as explosões ecoam mais.

---

5 Veículo blindado de transporte de pessoal, também conhecido como "táxi de batalha" porque transporta infantaria.

A cozinha é bem espaçosa, com uma mesa de jantar grande no meio. A casa tem três quartos e pegamos o que tem

Eu tentando ficar calma pintando um mural do mar na cozinha de Inna.

um sofá-cama grande para dormirmos. É meio frio lá, então cobrimos a janela com um cobertor.

A casa tem um fogão a lenha pequeno perto da entrada. No terraço, tem um alçapão que leva a um depósito subterrâneo. Na cozinha, Inna tem uma pintura enorme e linda do mar, com conchas de verdade coladas. Mas a pintura não está completa. Inna sabe que eu sei pintar e sugeriu que eu a terminasse para ela. Eu concordei porque pareceu uma boa distração de todas as explosões que ficávamos ouvindo ao longe. Eu também pedi para ela me dar uma folhinha de compensado porque tive uma ideia: quero pintar um anjo nela. Acho que vou tentar pintar no estilo de Gapchinska[6].

Quanto à situação em casa, de onde saí menos de uma hora antes, melhor não pensar nisso.

Minha amiga Rita e a mãe dela souberam por nós que as coisas na cidade tinham acalmado um pouco e tentaram ir até Pisochyn[7]. Elas foram buscar as coisas delas, mas não chegaram longe. Os bombardeios recomeçaram, mais pesados do que antes. Caças, tanques, bombas, explosões. Era tarde demais para elas irem… Todo mundo entrou em pânico e saiu correndo na direção do porão mais próximo. Nós não estamos tão em perigo ali quanto nossos amigos lá no bairro. O que vai acontecer? Eles vão sobreviver? Nossas casas vão se salvar? Ninguém pode prometer nada.

Bombas enormes foram encontradas nas ruas de Kharkiv.

Quanto aos boatos de corte de água e eletricidade… felizmente não foram verdade.

---

6 Eugenia Gapchinska é uma artista ucraniana que trabalha em estilo fantástico e se intitula a "fornecedora número um de felicidade". Dizem ser a artista mais bem-sucedida do país.

7 Pisochyn é um bairro no oeste de Kharkiv.

13h30 Está no noticiário que caças decolaram de Kursk, na Rússia, mas ninguém sabe o destino deles. Uma possibilidade: estão indo para Kyiv, a capital.

Acabei de perceber que o carregador do meu celular ainda está no nosso porão. Não tem muita bateria no meu telefone. Nós também não temos muita comida. Felizmente, Inna tem um carregador que posso usar e pelo menos não preciso me preocupar com isso.

Não param de chegar mensagens no chat de grupo. Minha amiga Polyna me mandou uma mensagem para dizer que tem tanques perto da nossa casa, seguindo pela rua Hvardiitsiv-Shyronintsiv. Contei isso para a vovó e para Inna, e elas só disseram: "Tenta não se preocupar. Não tem nada que possamos fazer… é o que é."

Nós nos recusamos a entrar em pânico.

Eu ouvi que tem tanques disparando a duzentos metros da minha escola. Myron, meu colega de turma, saiu do porão para tomar ar fresco. De repente, houve uma luz vermelha, o som de um míssil e disparos de metralhadora. Ele correu para o porão. Dyana está escondida em casa em Velyka Danylivka, em frente ao nosso bairro no nordeste de Kharkiv, vendo as coisas acontecerem.

Meu bairro, Saltivka Norte[8], está praticamente sendo apagado. É horrível! Todas as ruazinhas em que eu brincava, os pátios, minha pizzaria favorita e a minha escola! Tudo era tão lindo! Que coisa terrível… e para quê? O prédio alto no número 60 da rua Natalii Uzhvii foi atingido por um míssil. Eu vi esse prédio, estava bem quando estávamos indo para a casa de Inna. Quando eu soube que foi destruído, fiquei arrepiada. Nova Bavaria, onde estamos agora, está tranquilo, mas

---

8 Saltivka é uma área basicamente residencial no nordeste de Kharkiv.

Saltivka Norte não está. A escola anunciou férias de duas semanas. Seeeei... Não tem nada cara de férias...

E agora, notícias melhores. Acendemos o fogãozinho a lenha e é meu trabalho cuidar do fogo. Eu fico dizendo para mim mesma que é importante ver o lado positivo, por pior que tudo fique. Agora, vou apreciar ver a lenha queimar na fornalha. Ficamos sentadas em volta para fazer companhia umas para as outras. Não é tão assustador quando estamos juntas.

Fiquei curiosa para saber como é o depósito onde vamos nos esconder. Abri a escotilha e desci dois degraus. Havia outra escotilha e eu também a abri. Depois, havia um aposento bem fundo. Não tenho dúvida de que estaremos seguras lá.

19h Está escurecendo lá fora. Houve alguns bombardeios. Ficamos pensando se é a dica para irmos nos esconder no depósito...

19h15 As explosões estão ficando mais altas. Desconfiamos que vão começar a usar sistemas Grad[9], e eles não são famosos pela precisão.

Estão bombardeando intensamente ao redor de Velyka Danylivka, onde meus amigos Dyana e Tolya moram. Espero que eles estejam se mantendo fortes.

Inna está ouvindo as explosões e tentando entender onde caem. Ela está tentando acalmar a vovó dizendo que parecem distantes.

Depois do jantar, tudo parece mais relaxado. Nós conversamos. Eu vejo vídeos de Minecraft no YouTube. Enquanto

---

9 Um sistema Grad é um sistema de lançamento múltiplo de foguetes elaborado para soltar muitos mísseis simultaneamente. É amplamente usado pelas forças militares russas e entrou no serviço militar soviético nos anos 1960.

isso, o governo está dizendo para o povo pegar as armas e entrar na luta.

19h50 Está muito escuro lá fora. O escuro do tipo mais escuro. Estou com medo demais para ir lá fora. A amiga de Inna foi até lá para podermos fazer companhia umas às outras.

Não ligamos o noticiário porque nos assusta. Ainda sinto meu coração batendo com ansiedade, mas estou tentando me acalmar. Com o calor do pequeno fogão a lenha, estou me sentindo cada vez mais sonolenta.

21h Quando o fogo se apagou, Inna me chamou para a sala, onde está mais quente. Eu me sentei em uma poltrona confortável. Relaxei um pouco e, por um momento, esqueci os horrores que passei nos dois dias anteriores.

Fizemos uma prece juntas e Inna foi para a cama.

Tudo está silencioso. Estamos torcendo por uma noite tranquila, como a anterior…

22h Não aguento ficar de olhos abertos. Acho que não vai demorar para eu pegar no sono…

26 de fevereiro de 2022

KYIV NO LIMITE
— *Guardian*

ZELENSKY, PRESIDENTE DA UCRÂNIA: NAS RUAS DE UMA CIDADE
ABALADA PELA GUERRA, NASCE UM HERÓI
— *Washington Post*

UM CIVIL MORTO EM KHARKIV QUANDO UM PRÉDIO FOI ATINGI-
DO POR FOGO DE ARTILHARIA
— **CNN**

NÓS NÃO TEMOS MEDO
— *Daily Mirror*

"PAREM PUTIN, PAREM A RÚSSIA": MANIFESTAÇÕES MUNDIAIS
EM SOLIDARIEDADE À UCRÂNIA
— *Daily Telegraph*

Dia 3

Já passamos pelo pior? • **Grito do coração** •
A vida continua • **Uma noite inquieta**

7h40 Estou encostada em uma parede e a sinto tremendo. É apavorante.

"Acho que estão bombardeando Zmiiv[10]", diz Inna.

8h Aparentemente, os primeiros dois dias de uma guerra são os mais difíceis, mas estamos no terceiro dia agora. Inna foi fazer compras e voltou duas horas depois. O preço dos alimentos subiu. Tudo está muito caro agora. Algumas coisas nem estão mais disponíveis. O mercado tinha pão fresco, mas não foi suficiente para todo mundo. Todos estão comprando vodca.

Estou começando a ver que estávamos certas em sair do nosso apartamento ontem, quando saímos. Estou muito fe-

10 Zmiiv é uma cidade ao sul de Kharkiv.

Diário de uma jovem na Guerra da Ucrânia

liz de não termos deixado para tarde demais, como Rita e a mãe, que não conseguiram sair por causa dos bombardeios. Nossas vidas são mais importantes do que algumas roupas e até mesmo o próprio apartamento. Não importa se você não levou suas coisas ou se deixou sua casa para trás. Você vai voltar um dia. É difícil botar isso na cabeça. A cada dia, estou aprendendo que a vida continua, mesmo na guerra. Nós nos agarramos à esperança de que, mais cedo ou mais tarde, a guerra vai acabar.

Bombardearam o aeroporto. Fica bem longe daqui, mas ouvi o som claramente. Se eu consigo ouvir em Nova Bavaria, não consigo imaginar como seria se eu estivesse mais perto. Não consigo deixar de imaginar quantos anos vão ser necessários para reconstruir tudo. Quem sabe?

Ontem à noite, nós achamos que ouvimos veículos do exército passando pela primeira vez por aqui.

Eu vi uma postagem de Oleksii Potapenko[11] nos stories do Instagram. Eu chamaria de grito do coração:

Por que as redes ucranianas não estão mostrando o inferno que está acontecendo em Schastia[12] (Luhansk Oblast[13]). As pessoas aqui estão vivendo em ruínas!

Os civis ucranianos precisam ser retirados dali urgentemente! Por que ninguém está dizendo nada? Por que ninguém está fazendo nada? Como vocês podem tratar seu próprio povo assim? O máximo de pessoas possível precisa saber disso, para que todo mundo possa começar a fazer alguma coisa! Ajudar com a retirada… qualquer coisa!

Nos disseram que as explosões que ouvimos ontem foram do rodoanel da cidade sendo bombardeado. Ao que parece,

---

11 Oleksii Potapenko é um cantor ucraniano e juiz e mentor do *The Voice Ucrânia*.
12 Schastia, Luhansk Oblast é uma cidade no leste da Ucrânia.
13 Oblast é a palavra para "região" na Ucrânia e na antiga União Soviética.

tanques ucranianos destruíram os tanques russos perto dos vilarejos de Pisochyn e Vysokyi. Pisochyn tem uma estrada que leva a Kyiv e Vysokyi leva a Dnipro[14]. Os tanques russos estavam indo para Kyiv, mas nossos tanques os impediram...

13h Há uma série de explosões fortes. Não são as mais altas que eu ouvi, mas é assustador mesmo assim. Mudaram o toque de recolher de novo: agora é das 18h às 6h.

Estão dizendo no noticiário que os russos já sofreram três mil mortes, mas que os noticiários russos não estão mencionando isso.

Estou pensando em como Kharkiv é uma cidade bonita... ou era. Quanto tempo e dinheiro foram gastos para criar um lugar tão perfeito, mas aí, em um instante, tudo é explodido!

Estão bombardeando mais civis agora do que no começo.

Vovô Yosip nos contou que andou pelas ruas. Ficamos chocadas: tem uma guerra acontecendo e ele pensa em dar uma voltinha!

Ouvi falar que a situação de Tolya em Velyka Danylivka está piorando. Os bombardeios lá estão ainda mais intensos. E o amigo do pai do Myron tem um míssil no pátio do prédio. Estou com medo. Ainda ouvimos as explosões, mas elas estão distantes.

Rita e a mãe decidiram pegar um trem para Bezliudivka. Enquanto escrevo isto, elas estão na estação do metrô Prospekt Haharina. Tem muita gente lá, ao que parece. Quando elas estavam indo para a estação, houve uma saraivada de mísseis atrás delas. Felizmente, ninguém se machucou.

---

14 Dnipro, anteriormente chamada de Dnipropetrovsk, é a quarta maior cidade da Ucrânia, localizada no centro-leste da Ucrânia, no rio Dnieper, de onde vem o nome.

Quanto ao nosso bairro, amigos dizem que os prédios estão tremendo... Meu coração está cheio de medo. O que vai acontecer agora, ninguém sabe...

15h10 Há bombardeio pesado agora. Nós arrumamos o depósito para o caso de precisarmos ficar um tempo lá. As paredes são curvas e ao meu redor há caixas de potes de vidro com todo tipo de coisa. Tomates e pepinos em conserva, assim como geleia de framboesa e damasco. Vovó e Inna trazem um banco e jogam uns casacos em cima. É um aposento pequeno e não fica tão frio. Depois de arrumar o depósito, nós voltamos para casa.

15h55 Duas explosões repentinas a uns seis quilômetros de distância, e nós corremos imediatamente para o depósito. Está silêncio agora de novo. No depósito, fazemos uma prece. O medo toma conta de nós. Estamos torcendo e rezando... é só o que podemos fazer.

O sol está se pondo. Nós queremos paz. Não nos lembramos mais dos nossos antigos sonhos, nem das coisas todas que achávamos importantes. Não conseguimos lembrar de nossas antigas discussões e problemas. Todas essas preocupações do passado não importam. Quando há uma guerra acontecendo, só se tem um objetivo: ficar vivo. Tudo que parecia difícil ou ruim no passado fica trivial. Nós tememos pelas vidas dos entes queridos e todos os dias são interrompidos pelo som... BUM!... Nós começamos a pensar sobre como somos felizes porque aquele foguete caiu longe ao mesmo tempo que escondemos o terror que toma conta do nosso coração. Nós rezamos o dia todo e pedimos paz a Deus. Nós nos agarramos a cada minuto, a cada segundo da vida...

Ficamos ligando para todos os nossos amigos para saber como eles estão e descobrimos que os russos estão bombardeando a Ucrânia. O noticiário diz que há uma guerra em grande escala acontecendo. As palavras "em grande escala" são assustadoras. Injetam medo na alma. Minha alma está gritando. Estou sofrendo, mas preciso seguir em frente; ficar em segurança e torcer para a guerra acabar em breve e termos paz.

Quero tomar alguma coisa para acalmar meus nervos, mas, mais do que isso, desejo que tudo fosse um pesadelo terrível do qual eu pudesse acordar.

17h40 Está escuro lá fora. Nós recebemos uma ligação da amiga da vovó, Nelya. Ela diz que tem um tanque ucraniano parado perto do jardim de infância e que fica disparando em alguma coisa. Depois, recebemos uma ligação da minha professora da escola. Ela conta uma história apavorante para nós: "Uma garagem próxima pegou fogo. Nós estávamos entocados no porão de outra garagem e nos demos conta de que não estávamos em segurança lá. Nós decidimos correr para o porão da escola. Quando estávamos correndo, havia mísseis voando acima. Nós corremos para salvar nossas vidas. Felizmente, conseguimos chegar lá sem ninguém se machucar."

Eu estou com muito medo por ela. Ela é minha professora favorita.

18h57 Inna fez zapekanka[15] para o jantar e nós comemos com geleia de framboesa e chá de hortelã. Eu me acalmei um pouco, mas aí houve mais explosões. Disseram que é nosso pessoal atirando na direção da Rússia da posição deles no ro-

---

15 Um prato tradicional eslavo, doce, com sabor de queijo e textura cremosa.

doanel da cidade. Há barulho constante de todos os aviões e mísseis. A essa hora na noite anterior, estava mais silencioso, mas esta noite está ensurdecedor.

Aparentemente, um grupo de sabotadores foi pego em Kharkiv. Dizem que estavam tentando botar explosivos nas ruas[16].

Enquanto escrevo hoje, não sinto muita esperança.

Quando os bombardeios diminuíram, Inna me chamou para o quarto dela. É um espaço pequeno só com uma janela, mas é o quarto mais seguro da casa. Ela acendeu uma luzinha noturna amarela. O resto das luzes da casa está desligado para que os aviões não vejam. Eu rezei para as coisas ficarem tranquilas até de manhã.

Naquele momento, começaram a bombardear o rodoanel e havia aviões voando ao redor. Eu me esforcei para ficar calma, mas acabei tendo um pequeno ataque de pânico; tive dificuldade de respirar e senti como se meu peito estivesse sendo esmagado.

Estão bombardeando; nós estamos sentadas. Acho que será mais seguro se eu me deitar. Apesar de os bombardeios serem longe, vovó vê um holofote da janela e insiste para ir para o depósito. Eu vou com ela.

19h Estamos no depósito tomando chá. Inna se recusa a ir porque está tranquilo e ela está com medo de que, se a casa desabasse com uma explosão, nós ficaríamos presas e ninguém saberia que estávamos lá.

---

16 Houve amplos relatos de sabotadores russos escondendo armas em brinquedos, celulares e outros objetos pela Ucrânia.

Pedi a Inna para pegar meu diário, para eu poder escrever as coisas conforme estão acontecendo. As coisas estão melhorando e estou começando a relaxar um pouco.

Falando nisso, Rita e a mãe dela chegaram ao trem e agora estão em segurança.

Estou escrevendo no diário usando a luzinha do celular.

Saltivka Norte está recebendo uma chuva de foguetes.

Vamos deixar o depósito para ir para a cama quando ficar silencioso.

Na cama da casa de Inna. Sem esperanças.

27 de fevereiro de 2022

PUTIN TOMA DECISÕES DELIBERADAS QUE PODEM LEVAR A UMA
NOVA GUERRA MUNDIAL
— *Die Welt*

RÚSSIA ATACA CAMPOS DE POUSO UCRANIANOS E DEPÓSITOS DE
COMBUSTÍVEL NA ONDA DOS ATAQUES
— *Irish Times*

TERROR SE ESPALHA PELAS RUAS
— *Sunday Times*

"É DE EMBRULHAR O ESTÔMAGO": AS CRIANÇAS NO MEIO DA
GUERRA DA UCRÂNIA
— *Guardian*

BOAS-VINDAS A ESSES REFUGIADOS
— *Independent*

Dia 4

**Uma noite agitada • Inferno em Saltivka Norte •
Com medo, mas preciso me arriscar lá fora**

Eu dormi e acordei às 8h. Parece tarde para mim agora. Eu rolei para o lado e o sol estava brilhando em mim. Um raio forte de luz caiu no meu rosto. Para mim, pareceu um sinal. Senti vontade de sair e curtir o sol. Mas aí, eu lembrei.

Acontece que houve um bombardeio bem pesado ontem à noite, mas longe daqui. Eu estava dormindo profundamente e estava acontecendo. É que eu estava tão cansada de ouvir todas as explosões que devo ter desligado. Velyka Danylivka estava pegando fogo. Saltivka Norte estava sendo bombardeada por Grads. Foi a primeira vez em três dias em que houve bombardeio tarde da noite.

Faço contato com minha amiga Olha. Ela me conta o que estava acontecendo com ela. O telhado do jardim de infância perto da casa dela foi arrancado. A entrada de um prédio próximo foi destruída em uma explosão e um homem e uma

Diário de uma jovem na Guerra da Ucrânia   **51**

mulher foram atingidos nas costas por estilhaços. A ambulância demorou muito tempo (uma hora) para chegar e ficou se recusando a levá-los, mas acabou levando.

Olha e a família ficaram na fila do lado de fora do Equator Mall por um tempão para fazer as compras, mas quando ela estava se aproximando do caixa para pagar, a eletricidade acabou. Ela não conseguiu fazer as compras, mas vai tentar hoje de novo.

10h Nós ficamos sem água e decidimos ir até a fonte. Parecia que a rua estava totalmente vazia, mas nós encontramos umas poucas pessoas. Houve explosões, mas foram distantes. Nós trouxemos água. Inna estava me mostrando o jardim. Ela tem árvores frutíferas, um arbusto de framboesa e um de cassis. Tem também um canteiro de morangos. Ela estava me mostrando onde vai plantar flores, mas aí… BUM!… BUM!… Duas explosões bem próximas! Eu e a vovó corremos para o depósito, mas Inna ficou lá em cima.

Mais tarde, vovô Yosip mandou uma foto de uma cena terrível. Havia uma bomba na rua na frente de uma loja, com uns dois metros de comprimento. A bomba não estava armada; era só um marcador[17.]

Há tanques russos por todo o centro da cidade.

Nós saímos do depósito, mas, quinze minutos depois, eu voltei porque houve mais sons.

Nós temos muita sorte com nossos vizinhos; eles cuidam de nós e nós cuidamos deles. Eles trazem comida.

---

17 Um marcador é uma luz colorida, jogada em uma invasão aérea como indicador de alvo.

10h08

Tolya 🤘
Pessoal, estou bem agora, metade da minha rua foi atingida, mas não nos acertaram

10h08

Tolya 🤘
Vou desligar o celular agora, mas talvez volte mais tarde

10h08

Tolya 🤘
As luzes estão apagadas...

10h08

Tolya 🤘
Até mais tarde!

10h39

Dyana
Droga

11h08

Polyna ⭐
Tem tiros aqui

11h24

Davyd
Oi

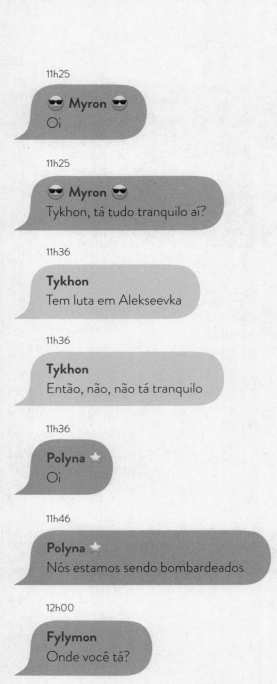

12h05
Polyna ⭐
Em casa

13h07
Tolya 🤘
Pessoal começaram de novo

13h13
Polyna ⭐
Não tá mais tranquilo aqui

13h22
Tolya 🤘
Tô vendo a fumaça do campo

13h26
Yeva
Não se desespera, aguenta firme

13h28
😎 **Myron** 😎
Eu não quero que meu computador seja danificado. Onde posso colocar?

13h28

Yeva
Esconde no armário

13h28

Yeva
Nós vamos sobreviver, vamos em frente

Descemos para o depósito várias vezes ao longo do dia. Às 18h, fica completamente escuro lá fora. A cada dia que passa, começo a odiar mais a noite. Não quero que o sol desapareça abaixo do horizonte, mas, infelizmente, eu não controlo isso. As noites são cheias de coisas desconhecidas e me engolem inteira com medo.

21h30 Está tudo tranquilo onde estamos e eu fico mais calma. Fico grata pelo Kyrylo, meu colega de turma! Ele fica postando vídeos bobos no chat da escola; gravações dele fazendo careta usando filtros engraçados de câmera no celular. Estou rindo tanto que quase caí da cama agora e a minha barriga está doendo.

56 Yeva Skalietska

28 de fevereiro de 2022

PUTIN FAZ AMEAÇA NUCLEAR
— *Daily Telegraph*

MAIS DE 350 CIVIS FORAM MORTOS
— *The New York Times*

CORRIDA PARA AS FRONTEIRAS
— *Sunday Times*

"QUEM MAIS SE NÃO FORMOS NÓS?": OS CIVIS DA UCRÂNIA PEGAM EM ARMAS
— *Irish Times*

AJUDA MILITAR E HUMANITÁRIA CHEGA À UCRÂNIA
— *Kyiv Post*

Dia 5

Um começo inesperado •
Tentativa de obter comida e remédios

Acordei às 3h. Estava voltando a pegar no sono quando caças começaram a soltar bombas. Sinto a ansiedade dominando. Cada explosão gera um arrepio no meu corpo. Inna nos chamou para descer para o depósito e disse que se juntaria a nós desta vez. Nós descemos e ficamos lá. Não consigo imaginar o quanto deve estar perigoso lá fora se Inna decidiu vir com a gente. Peguei no sono lá embaixo. O toque de recolher foi modificado de novo: 15h até as 6h.

8h Mais bombardeios, mas parecem distantes.

A amiga da vovó nos ligou e disse que uma casa no vilarejo de Vysokyi foi destruída, mas não houve mortes fora um cachorro. Acontece que foi isso o bombardeio que nós ouvimos.

Mais tarde, vovó e Inna tentaram ir ao mercado comprar comida, mas não deu certo.

Vovó disse: "Eu estava na fila e estava com muito medo. Houve mais bombardeios em volta de nós do que quando fomos buscar água ontem. As pessoas continuaram na fila. Elas se acostumaram com os bombardeios. As pessoas estão preparadas para ficar em fila no meio de tudo só para conseguir um pouco de comida."

Tivemos notícia da vovó Zyna. Ela disse que queria romper o toque de recolher ontem para ir à farmácia. Pediu para o vovô Yosip ir com ela, mas ele disse que a mais próxima estava fechada. Ela sugeriu que eles fossem a outra em Heroiv Pratsi. Eu tenho a sensação de que, se a casa dela estivesse sendo bombardeada, ela ficaria calma como uma jiboia[18]. O vovô Yosip recusou porque o toque de recolher é muito rigoroso e não é seguro sair. Por que estão bombardeando pessoas que só estão tentando comprar remédios?

Hoje, há negociações acontecendo entre delegações da Federação Russa e da Ucrânia. Um prédio de apartamentos foi destruído esta tarde. Há mortes. Acidentes. Os corpos não são levados. Civis estão sendo bombardeados de todas as direções.

Tem um estacionamento ao lado do meu prédio e da vovó, e os apartamentos atrás dele foram atingidos no bombardeio.

13h43

Polyna ☆
Nós puxamos nossas camas para o corredor. É mais seguro aqui.

---

18 "Calma como uma jiboia" é um ditado russo comum que quer dizer manter a calma sob pressão.

13h43

Nadya
Nós estamos levando uma surra

13h44

Polyna ☆
Parece tão pesado

13h44

Nadya
Eu tô ficando surda por causa disso

13h44

Yeva
Teve um bombardeio atrás da garagem da minha avó

13h45

Yeva
Hoje

15h12

Polyna ☆
Estamos sendo bombardeados agora

15h17

Polyna ☆
Tô com medo

18h Está escuro agora. Meu ódio pela noite só cresce a cada dia que vira escuridão.

1° de março de 2022

Foguetes russos atingem Kharkiv
— *Financial Times*

Ataque se intensifica com o fim da conversa
— *Wall Street Journal*

Putin acusado de crimes de guerra
— *Evening Standard*

"Ninguém vai nos quebrar": Zelensky se dirige ao parlamento da UE
— *Irish Times*

A ajuda humanitária para a Ucrânia por toda a Irlanda do Norte é inundada de donativos
— *Independent*

Dia 6

**Um lindo sonho • Uma notícia terrível •
Nosso apartamento já era • Um dia infernal caiu do céu**

Eu tive um sonho maravilhoso na noite de ontem. Sonhei com a escola... e, mais importante, com um céu pacífico. Eu e meus amigos estávamos correndo por aí, livres. Foi como antigamente...

Eu queria que as coisas não estivessem como estão agora. Estou tão cansada do som de explosões, queria ouvir os sons da paz de novo: pássaros cantando e o som da chuva. Era tão bom antes da guerra... Quero voltar para a minha vida antiga.

O bombardeio das seis horas da manhã de hoje não foi brincadeira, mas está tranquilo agora, eu acho. Mesmo assim, Inna e a vovó estão forrando a janela com fita para o caso de explosão.

Há aviões voando pelo céu. No centro da cidade, a Praça da Liberdade foi destruída por um único míssil. Tem um vídeo da bomba explodindo. Nele, dá para ver dois carros, um que desvia para o lado. Algumas pessoas pulam dele. Mais duas pessoas correm do local de impacto. Estão dizendo que a bomba também acertou o zoológico, o Derzhprom, o Parque Gorky, a universidade e a ópera, assim como a Filarmônica.

Tudo está acontecendo tão rápido.

10h Inna foi fazer compras apesar dos estilhaços caindo e, desta vez, ela conseguiu.

10h02

Yeva
Bom dia, pessoal, se é que podemos chamar de "bom"

10h03

Yeva
Os pontos turísticos de Kharkiv foram atingidos

10h04

Yeva
E bombardearam a Praça da Liberdade

10h04

Yeva
Okhtyrka[19] foi atingida por uma arma termobárica[20]

19 Okhtyrka é uma "Cidade Heroica" na região de Sumy, na Ucrânia. É chamada de Cidade Heroica, um título concedido a dez cidades em março de 2022, por destaque em heroísmo durante a invasão. Já há outras quatro Cidades Heroicas na Ucrânia, que foram batizadas pela União Soviética.

20 Também conhecida como bomba termobárica, uma bomba de vácuo dispara duas explosões altamente destrutivas. A segunda explosão massiva é capaz de vaporizar corpos humanos.

10h21

❀ Leila ❀
pois é, isso é errado

10h31

Kyrylo
Arma termobárica? Isso é uma palavra nova pra você?

10h32

Tykhon
Ela deve ter acabado de aprender

10h39

Yeva
Como vocês podem brincar agora?
Olha o que está acontecendo à nossa volta

10h40

❀ Leila ❀
Yeva, não liga pra eles, são uns idiotas

10h40

Yeva
Obrigada, Leila

10h42

Yeva
Aliás, você viu o que aconteceu com a Praça da Liberdade?

10h42

Tykhon
Destruída

10h43

✿ **Leila** ✿
vi

11h28

Polyna ⭐
Pessoal. Agora mesmo. Foguetes passando.

11h32

Polyna ⭐
Estou com medo

11h51

Evhen
O quiosque ao lado da minha casa foi destruído

11h58

Yeva
Evhen, aguenta firme, estamos com você

12h00

✿ **Leila** ✿
Tudo vai ficar bem

12h36

Evhen
Estamos indo pra Poltava[21]

13h47

Yeva
Minha casa foi atingida, meu apartamento não tem mais varanda 😣😣😣

12h Recebemos uma notícia traumatizante. Chegou uma ligação de um dos nossos vizinhos contando que a minha cozinha foi atingida por um míssil. Nos disseram que tem serviços de emergência em frente ao nosso prédio.

Quanto ao tipo de míssil que causou isso, o pessoal da emergência está dizendo que foram projéteis[22] de uma bomba de fragmentação[23] (que é proibida pela Convenção de Genebra[24]). Eles precisam entrar com urgência para verificar se não há fragmentos sem explodir ameaçando abalar o prédio todo.

21 Poltava é uma cidadezinha localizada no centro da Ucrânia, no rio Vorskla.

22 Um projétil é uma pequena arma que é uma de múltiplas submunições contidas em uma arma maior, como uma bomba de fragmentação ou uma ogiva.

23 Uma bomba de fragmentação é uma arma que contém múltiplos explosivos que é jogada de uma aeronave ou disparada do chão ou do mar, se abre no ar e libera dezenas ou centenas de submunições, que podem saturar uma área até o tamanho de vários campos de futebol.

24 As Convenções de Genebra são quatro tratados e três protocolos adicionais que estabelecem padrões legais internacionais para tratamento humanitário durante guerras. O termo no singular, "Convenção de Genebra", costuma indicar o acordo de 1949, negociado no pós-Segunda Guerra Mundial, que atualizou os termos dos dois tratados de 1929 e acrescentou duas novas convenções.

Diário de uma jovem na Guerra da Ucrânia **69**

A vovó passou um tempão no telefone tentando arrumar alguém para buscar a chave aqui, mas ninguém pôde nos ajudar e eles tiveram que arrombar o apartamento. Não havia fragmentos sem explodir, mas a cozinha está bombardeada e o corredor está cheio de escombros.

Isso dói muito. Eu passei minha infância lá. Atacar a minha casa é a mesma coisa que atacar um pedaço de mim. Sinto que meu coração está sendo esmagado.

Havia tantas lembranças lá! Nossa mobília italiana, nossos jogos de jantar chiques, a mesa de vidro. Todas essas lembranças foram explodidas em pedacinhos. Tem lágrimas escorrendo pelo meu rosto e isso é só uma fração da minha dor. Não ligo tanto para as coisas em si, mas para as lembranças que elas guardavam. Eu cresci lá e o local foi simplesmente destruído!

Não sobrou muito do apartamento. Por que ninguém liga? Por quê? Vocês gostam de lutar em cidades, de destruir tudo no caminho em vez de lutar nos campos de batalha? Kharkiv está sendo destruída aos poucos.

Se quiser uma descrição detalhada do que aconteceu com o meu apartamento, continue lendo. Nós soubemos de todos os detalhes… A varanda, a cozinha e a parte do corredor que leva até lá foram destruídas. Pedaços de gesso, concreto e vidro quebrado ocupam o corredor. As janelas do meu quarto estouraram, mas o quarto em si parece intacto. A sala, junto com as janelas, foi poupada. A porta da frente ficou tão torta que, mesmo se a vovó tivesse conseguido levar a chave, não teria adiantado. Os atendentes de emergência fecharam a porta da melhor forma que puderam e prenderam no lugar com fita. Queremos soldar a porta. Será que vai sobrar alguma coisa no nosso apartamento depois da guerra?

19h Hoje foi um dia de constante atividade no ar. Como sempre, quando escureceu lá fora, as amigas de Inna voltaram para casa. Vovó estava na cozinha fazendo chá quando viu de repente um drone gigante. Todas as luzes estavam piscando e estava voando tão baixo sobre a casa que ela se deitou no chão. Inna e eu estávamos no quartinho dela quando ouvimos. O som foi estranho, não parecia um avião no começo. Nós nos deitamos no chão. Não corremos para o depósito desta vez porque, se a casa fosse explodida, ninguém saberia que estávamos lá embaixo. Nós ficaríamos enterradas. O drone circulou a área, largando bombas no caminho. Rios de lágrimas. Eu me deitei na cama e, pela primeira vez na vida, só pensei no quanto quero viver. Meu coração para cada vez que outra bomba é lançada. Eu estava me agarrando a cada minuto, a cada segundo. Eu nunca cheguei tão perto da morte. Estava rezando para o drone ir embora e para as bombas não atingirem a casa, só rezando, *Deus, me ajude.* Eu não conseguia respirar.

Depois de um tempo, tudo ficou silencioso.

Eu acabei conseguindo me acalmar.

Verifiquei o celular e Evhen ainda estava indo para Poltava. Ele mandou uma foto que tirou de um míssil voando.

E Dyana disse que, quando estava indo embora de Velyka Danylivka, havia casas pegando fogo atrás dela.

Nós fomos para o depósito, no fim das contas. Tentei descansar lá, mas não consegui dormir e acabamos voltando para cima.

Nosso apartamento foi atingido por um míssil. Estou chocada.

2 de março de 2022

Corrida desesperada para o último trem de Kyiv
— *Guardian*

Zelensky suplica ao oeste para impedir genocídio
— *Daily Telegraph*

Kyiv e Kharkiv agora sob cerco na invasão russa
— *Irish Times*

Rússia atinge alvos civis
— *Wall Street Journal*

Grandes perdas russas alegadas pela Ucrânia
— *Kyiv Post*

Dia 7

Outro sonho, mas não tão doce • Estamos ferrados?
• Uma virada de sorte • Vamos embora de Kharkiv

Eu tive um sonho. Estávamos no nosso Toyota, indo para nosso apartamento bombardeado[25]. Nós entramos e o corredor estava cheio de lixo. Entramos na cozinha e descobrimos que os armários estavam intactos. A mesa estava quebrada. Eu comecei a filmar. De repente, houve um míssil voando na direção do prédio vizinho. Eu não consegui falar. Foi aí que o sonho acabou.

Houve fogo de artilharia de manhã.

A internet foi cortada às seis horas da manhã.

Por causa dos ataques aéreos, as pessoas estão começando a comprar por pânico e esvaziar os mercados.

---

25 Irina e Yeva tinham um carro, mas não puderam dirigi-lo para sair de Kharkiv porque estava em uma garagem a aproximadamente um quilômetro e meio do apartamento delas e precisando de uma bateria nova.

Diário de uma jovem na Guerra da Ucrânia **75**

10h Vovó e eu queremos ir embora de Kharkiv para a Ucrânia Ocidental, para ficarmos mais longe da fronteira russa. Estamos ligando para todo mundo que conhecemos para decidir como fazer isso. As pessoas dizem que nós deveríamos ficar quietas por enquanto. Muitos dos meus colegas de turma estão indo para Dnipro ou Poltava primeiro e para a Ucrânia Ocidental depois.

Inna viu muitos carros saindo da cidade. Alguns tinham a palavra "crianças" escrita em todos os lados.

Estão dizendo que os trens evacuando pessoas estão sem assentos. São trinta ou quarenta horas de pé. Nós decidimos ficar em Kharkiv por enquanto.

13h Depois de pensar mais um pouco, nós decidimos que devíamos ir para Lviv[26]. Tem um boato assustador de que podem começar a atacar Kharkiv nos dias seguintes para fazer todo mundo se render rapidamente. Passei metade do dia tentando ligar para uma empresa de táxis, mas cada vez que atendiam, a ligação caía. A minha mãe ficou mandando números de telefones de motoristas em Kharkiv, mas nenhum estava atendendo. Acabei conseguindo falar com uma pessoa que aceitou nos levar para a estação de trem, mas ele só poderia fazer isso em dois dias. Outro número atendeu, mas a ligação caiu de novo. Mandei mais mensagens para a minha mãe e para o meu pai pedindo ajuda, mas não estão chegando neles.

15h Eu caí em depressão. Só consigo pensar *Estou com medo, estamos ferradas* sem parar. Eu parei de falar. Meu rosto parece que nunca mais vai sorrir. Pensar em pintar meu anjo

---

26 Lviv é a maior cidade da Ucrânia Ocidental e um dos principais centros culturais do país.

Gapchinska me faz me sentir um pouco melhor. Eu não posso perder a esperança. Vou continuar rezando para chegarmos a Lviv ou mesmo fora do país. Vamos continuar fazendo tudo o que pudermos, apesar de termos toque de recolher agora e ainda não podermos ir para a estação de trem do sul para ir embora de Kharkiv.

20h Ficamos torcendo e rezando para encontramos um jeito de sair da cidade. Pelas quatro horas da tarde, tive sorte. A filha de Inna, Lukyia, nos mandou os números de telefone de dois voluntários da Cruz Vermelha[27.] Nós só conseguimos falar com um, mas ele concordou em nos pegar em quinze minutos e nos levar para Dnipro. Que alegria! Nós pegamos nossas coisas e fomos para a rua esperar o carro. Tive que deixar minha pintura do anjo. Pena. Eu não terminei a parte do vestido. Inna foi se despedir de nós, mas disse que não iria conosco. De repente, ela voltou correndo para casa e nos disse para não a esperar se os voluntários chegassem antes de ela voltar. Vovó e eu ouvimos o som de explosões. Nós não sabíamos se o carro conseguiria chegar até nós. Estávamos muito nervosas e ficamos pedindo a ajuda de Deus. Recebemos uma ligação dos voluntários, Todor e Oleh. Eu não sabia dar instruções do caminho, mas aí vi um Volkswagen com uma cruz vermelha pintada e soube que eram eles. Entramos no carro às 16h50. Vovó pediu para eles passarem pela esquina para podermos nos despedir de Inna, mas aí ela apareceu, correndo na nossa direção. Ela tinha decidido ir conosco para Dnipro, afinal! Ela tem familiares lá e decidimos ficar na casa deles. Inna não levou nada, só o passaporte, e foi

---

27 Os voluntários da Cruz Vermelha na Ucrânia oferecem apoio de várias formas, inclusive fornecendo remédios e equipamentos, cuidando de centros de saúde e ajudando pessoas que querem sair do país.

para pegar isso que ela voltou correndo. Nós partimos. Passamos por doze postos de controle[28] no caminho. Quando fomos chegando perto de Dnipro, havia uma fila enorme de carros, de vários quilômetros, tentando entrar na cidade. Nós os contornamos. Escureceu e começou a chover. Nós entramos na cidade. Estava silencioso lá; um paraíso para os meus ouvidos. Os prédios estavam inteiros e intactos. Um céu pacífico... o que mais se pode querer?

Os gentis voluntários da Cruz Vermelha que nos resgataram.

[28] Postos de controle surgiram nas estradas por toda Ucrânia depois da invasão da Rússia. Alguns são controlados por militares, mas muitos são controlados por residentes voluntários de aldeias e cidades da região.

Nós agradecemos a Todor e Oleh por nos levarem para aquele lugar seguro. Eles disseram que não havia necessidade pagarmos e nós nos despedimos.

Nós encontramos a família de Inna. Fiquei feliz. Tem um parque lindo no fim da rua. Fomos para o apartamento e contamos para todo mundo o que passamos. Eu demorei para relaxar.

Nós ainda queremos ir para a Ucrânia Ocidental, mas vamos pensar nisso amanhã. Agora, só queremos apreciar uma noite pacífica com a família de Inna.

12h32

Tykhon
Estamos indo pra Polônia também.
De lá, pra Alemanha ou Dinamarca ou Canadá

12h54

Nadya
Você tem parentes lá?

14h06

Tykhon
Tenho. Minha irmã e meu primo estão na Polônia

19h46

Nadya
Você levou seu gato?

20h01

Tykhon
Não

20h35

Yeva
Oi, pessoal. Estou em Dnipro

21h43

Dyana
Oi, eu, meus pais e meu cachorro estamos indo embora de Velyka Danylivka, que foi bombardeada dois dias atrás

21h43

Dyana
Yeva – Pra sempre? Ou só durante a guerra?

21h43

Dyana
Você tá em Kharkiv, Ella?

21h43

Ella
Não

21h43

Dyana
Onde, então?

21h45

Ella
Em Lviv

21h45

Dyana
Ah, OK. Ouvi falar que não tem troca de tiros aí, só sirenes constantes e mais nada. Ou tem tiros?

21h46

Ella
Não, está tranquilo. Só as sirenes 5 vezes por dia.

21h48

Yeva
Dyana – Pelo menos até agora.

22h38

Davyd
Onde tá todo mundo?

22h43

Kyrylo
Tô indo pra Polônia

22h43

Kyrylo
E aí eu vou virar polaco

22h59

Yeva
Tô feliz por você

22h59

Yeva
Quem sabe a gente se encontra lá

3 de março de 2022

PRIMEIRA CIDADE CAI PARA OS RUSSOS
— *Daily Telegraph*

BEM-VINDOS AO INFERNO
— *i*

PUTIN PROMETE "LUTA INTRANSIGENTE" ENQUANTO A GUERRA
DA UCRÂNIA ENTRA NA SEGUNDA SEMANA
— *Kyiv Post*

MAIS DE 1M DE REFUGIADOS FOGE DA UCRÂNIA NO ÊXODO
MAIS RÁPIDO DO SÉCULO
— *Daily Telegraph*

IRLANDA APOIA GESTO DA UE DE OFERECER REFÚGIO A TODOS
OS UCRANIANOS
— *Irish Times*

Dia 8

**Notícia chocante • A caminho! • Mato lindo •
Parando e começando**

Eu acordei. Achei que a noite tinha sido tranquila, mas acontece que houve bombardeios ao longe.

Vovó recebeu uma mensagem de texto de uma amiga dizendo que o marido dela foi morto. Ele tinha ido buscar água em uma fonte e aí — BANG! — uma bomba de fragmentação. Os fragmentos da bomba cortaram todo o corpo dele. A perna foi explodida. Ele tinha 47 anos. Era um bom homem, um pai carinhoso. Nós falamos com ele poucos dias antes e hoje ele está morto. É apavorante. Estamos em choque.

11h Nós precisamos tirar dinheiro e fazer compras. Eu me ofereci para ir.

Quando voltei, descobri que vamos para a estação de trem pegar um trem para a Ucrânia Ocidental.

Nosso anfitrião chamou um táxi e não precisamos esperar muito até que chegasse. Nós nos despedimos. Inna vai

Diário de uma jovem na Guerra da Ucrânia   85

ficar com a família dela. Ela nos disse que tudo vai ficar bem. Nós esperamos voltar a nos ver. Ela também disse que eu tinha que voltar e terminar a pintura do anjo. Talvez eu volte um dia depois da guerra. Nós desejamos boa sorte umas às outras. Entramos no táxi e começamos a conversar com o motorista — ele contou que é de Donetsk[29]. Nós perguntamos quanto tinha dado a corrida e ele disse que era de graça. As pessoas dessa cidade são muito legais.

Vovó e eu chegamos à estação de trem. Nós entramos e tentamos descobrir o que fazer, mas ninguém parecia saber de nada.

De repente, houve um anúncio. "Aviso. Ataque Aéreo. Protejam-se." Nós corremos para o metrô que conectava as plataformas. Quando estávamos lá, vovó perguntou a uma moça o que deveríamos fazer. A moça era uma voluntária chamada Rada. Ela disse que podia nos ajudar.

Nós descobrimos que havia um trem indo para Truskavets (perto de Lviv) às duas horas da tarde e decidimos tentar pegá-lo.

A sirene de ataque aéreo parou e Rada nos levou para a sala de espera. Havia outras pessoas lá com quem tentamos conversar sobre o que tínhamos passado, mas elas eram da região e era difícil para elas entender como as coisas estavam ruins em Kharkiv.

Nós tomamos chá com biscoitos. À uma da tarde, achamos que era melhor nos aprontarmos porque o trem logo chegaria.

Finalmente, a chegada do nosso trem foi anunciada. Nós corremos junto com uma multidão na direção da plataforma.

---

29 Donetsk é uma cidade industrial no leste da Ucrânia, localizada no rio Kalmius, na disputada região de Donbas.

Chegamos na plataforma e tentamos entrar no vagão. Não foi fácil, mas conseguimos. Viva!

Eu estava sentada no parapeito da janela, esperando o trem começar a se mover e a multidão encolher enquanto as pessoas entravam. O trem tremeu quando partiu. As pessoas que ficaram na plataforma começaram a correr para outro lugar. Elas tinham perdido aquele. Mas nós estávamos a caminho!

O condutor chegou e me mandou subir na beliche de cima, o que fiz feliz da vida. A viagem foi longa, mas foi divertida. Eu fiz amizade com uma garota chamada Lera e nós passamos metade do dia rindo. Ela é de Kharkiv e somos da mesma idade e por isso nos entendemos muito bem.

18h O sol está se pondo... Estou tentando imaginar como é o lugar para onde estamos indo, mas não consigo.

08h11

Dyana
Meus pais e eu partimos hoje às 6h e estamos chegando perto de Lviv.

09h06

Yeva
Boa viagem

11h52

Kyrylo
Eu estarei em Lviv amanhã de manhã

11h52

Kyrylo
E na Polônia no fim da tarde

13h12

😊 **Ella** 😊
OK

13h13

😊 **Ella** 😊
Boa sorte na estrada 🌸

19h30

Nadya
Eu vou ficar em Kharkiv

19h34

Polyna ⭐
As janelas da nossa varanda quebraram

19h37

😎 **Myron** 😎
Eu fui embora

19h47

Nadya
Recebemos um bombardeio horrível

19h47
Nadya
Horrível

19h47
Nadya
É assustador

19h47
Nadya
Nunca foi tão alto

19h50
Yeva
Nadya, aguenta firme, meu amor. Tudo vai ficar bem, se deita no chão, ou talvez seja melhor ir para o porão.

19h53
Nadya
Minhas pernas quase cederam

20h00
Polyna ☆
Melhor se sentar no corredor

Diário de uma jovem na Guerra da Ucrânia

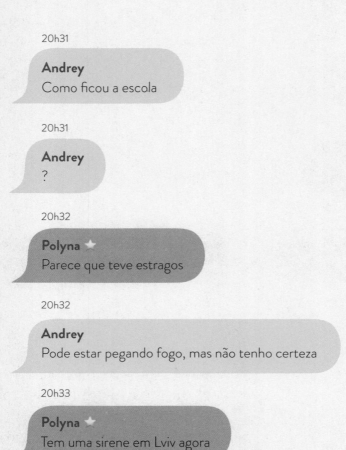

Está escuro lá fora. Lera estava dizendo como o mato lá fora é bonito e isso me fez rir. Acho que algumas pessoas precisam entender aonde estão indo e o que fazer em seguida, mas outras podem muito bem admirar o mato. Rá!

Houve alguns momentos assustadores durante a nossa viagem. O trem ficava indo mais devagar e às vezes parava completamente. As luzes do vagão ficavam apagando, e todas as vezes que voltava, todo mundo dava um suspiro de alívio.

Houve ocasiões em que fiquei com medo demais para falar. Mais tarde, vovó me contou que tinha visto explosões ao longe, mas ela não me contou na hora porque não quis me deixar com mais medo. Acho que era por isso que o trem ficava parando: estavam esperando um sinal de que era seguro ir em frente.

Nós passamos por Kyiv. Isso também foi assustador.

BELARUS

POLÔNIA

Lutsk Rivne

Zhytomyr

KYI

LVIV

Truskavets

Vinnitsia

UZHHOROD

Castelo Palanok
(Mukachevo)

Kamianets-
Podilskyi

Uman

← Para Budapeste

Ode

HUNGRIA

ROMÊNIA

MOLDÁVIA

NOSSA
VIAGEM
PELA
UCRÂNIA

4 de março de 2022

"ESTÃO TENTANDO APAGAR ESTA CIDADE DA FACE DA TERRA"
— *Financial Times*

AVISO ASSUSTADOR DE PUTIN: O PIOR ESTÁ POR VIR
— *Daily Telegraph*

ATAQUE RUSSO EM USINA NUCLEAR UCRANIANA ALARMA ESPECIALISTAS
— *Irish Times*

UCRÂNIA APELA PARA CRUZ VERMELHA PARA ESTABELECER CORREDORES HUMANITÁRIOS PARA CIVIS CERCADOS
— *Kyiv Post*

KREMLIN PROMETE VITÓRIA NA UCRÂNIA ENQUANTO OS REFUGIADOS CHEGAM A UM MILHÃO
— *New York Times*

Dia 9

**Para onde ir? • Está decidido • O que nos aguarda? •
Um encontro muito importante**

Acordei às seis da manhã. Descobrimos que o trem está agora parando em Uzhhorod. Olhei no mapa e vi que Uzhhorod fica no extremo oeste da Ucrânia. Primeiro, nós pensamos em ir para lá. Mas depois descobrimos que podíamos ir para a Romênia ou para a Alemanha a partir de Lviv com minha nova amiga Lera e pensamos *Por que não ir com eles?* Mas aí decidimos que seria mais sensato ficar no trem, porque, se mudássemos em Lviv, teríamos que esperar por três horas para entrar em um ônibus até a fronteira romena e não estava claro o que aconteceria quando chegássemos lá. Assim, decidimos ficar no trem até o fim da linha, afinal.

Lera e a mãe desceram do trem em Lviv. Nós nos despedimos com a esperança de nos encontrarmos um dia em Kharkiv. Estamos indo para Uzhhorod, onde tem uma fronteira com a Eslováquia e a Hungria. Vamos pensar no resto quando chegarmos lá.

Diário de uma jovem na Guerra da Ucrânia   95

Passando por um local familiar de trem — Castelo Mukachevo.

No trem para Uzhhorod com meu diário bem pertinho.

8h Muita gente desceu em Lviv e nosso vagão está meio vazio. Vamos para outro compartimento, onde tem uma cama de baixo vazia.

Uma condutora do trem vem até nós. Ela é de Zaporizhzhia[30] e nos conta que mais cedo ocupantes russos tomaram a usina nuclear de Zaporizhzhia[31]. O reator nuclear é dez vezes mais poderoso do que o de Chernobil. Se explodir, vai destruir tudo no caminho... e além.

13h Cinco horas se passaram — a viagem é longa e chata — e agora estamos em Mukachevo, no oeste do país. Vejo o Castelo Mukachevo. Tirei uma foto. Eu me lembro de ter ido lá no verão passado, mas desta vez estou tentando fugir da guerra.

15h Nós acabamos chegando em Uzhhorod e a primeira coisa que fizemos foi comer alguma coisa na estação. Em seguida, fomos ao escritório que designa acomodações. Fomos levadas até um ônibus. Nós não sabíamos aonde estávamos indo. Ninguém parece saber o que nos aguarda.

Estou me dando conta de que viramos refugiadas. Talvez tenhamos oportunidade de ir para o Reino Unido ou para a Europa[32] para morar lá.

Chegamos no escritório de registro e localização. Recebemos um documento com um endereço e uns voluntários nos levaram de carro.

---

30 Zaporizhzhia é uma cidade industrial no sudeste da Ucrânia, onde ficam muitas usinas de energia.

31 A usina nuclear de Zaporizhzhia é a maior da Europa e está entre as dez maiores do mundo.

32 Embora a Ucrânia seja geograficamente parte da Europa, muitos países que eram parte da antiga União Soviética não se consideram "europeus", pois ainda há grandes diferenças culturais.

18h Chegamos ao endereço. É uma escola. Quando entramos, havia um homem andando atrás de nós. Ele disse oi no que primeiro achei que fosse alemão, mas depois percebi que ele estava falando inglês. Ele queria me perguntar uma coisa, mas pedi desculpas e disse que não podia falar agora. Eu não sabia o que estava acontecendo.

Fomos recebidas por Myna. Ela é a encarregada ali e nos contou o que é o quê. Quando estava mostrando a escola, o homem de antes começou a nos filmar.

Eu não sei o que fazer. Sinto a tensão dentro de mim; o estresse da situação é sufocante. Tenho que arrumar alguma coisa para fazer. Preciso entender onde estou, o que eu sou, o que está acontecendo no mundo. Como devo dormir em um colchão em um ginásio de escola em vez de na minha cama quente e aconchegante? Onde vou me lavar? Não tem banheira quente ali.

Quero voltar para a escola, para a *minha* escola, para os meus amigos.

Eu me sinto entorpecida.

20h Enquanto eu estava andando por ali, tentando me ocupar, vovó disse ao homem que estava nos filmando antes que eu tenho um diário. Como ela conseguiu se ele não fala russo é um mistério para mim... Ainda assim, isso chamou a atenção dele. Fui até ele e disse oi. O nome dele é Flavian. Ele trabalha para o Channel 4, um canal de televisão britânico.

Eu contei a ele tudo o que aconteceu comigo. Ele perguntou se podia me entrevistar com a câmera ligada.

Enquanto estavam procurando um cômodo para filmar a entrevista, Flavian e eu começamos a conversar e eu soube que ele é francês. Não conseguiram encontrar sala nenhuma e decidimos conversar no meio do salão da escola. Durante a entrevista, Flavian operou a câmera e eu li meu diário. Depois disso, Paraic, um repórter irlandês trabalhando para o *Channel 4 News*, me fez algumas perguntas.

Nós perguntamos se eles podem nos ajudar a sair do país ou a encontrar um lugar para morar. Eles disseram que veriam se havia algo que pudessem fazer. Espero que haja.

Tem umas outras cinquenta pessoas ficando naquele ginásio de escola.

22h Fui mandada para a cama. Acho que vou tentar dormir.

5 de março de 2022

CATÁSTROFE NUCLEAR EVITADA "POR POUCO"
— *Guardian*

RUSSOS TOMAM A MAIOR USINA NUCLEAR DA EUROPA E GANHAM NO SUL ENQUANTO MAIS UCRANIANOS FOGEM
— *New York Times*

MAIS ATAQUES AÉREOS RELATADOS NA UCRÂNIA
— **BBC**

GUERRA NA UCRÂNIA TERÁ "IMPACTO SEVERO NA ECONOMIA GLOBAL", AVISA O FMI
— **CNN**

ATLETAS UCRANIANOS ABREM A PARALIMPÍADA COM SETE MEDALHAS
— *Kyiv Post*

Dia 10

**Saudades de Kharkiv • Nossa história •
Não me sinto normal**

Eu não estava eu mesma ontem, mas acordei me sentindo um pouco melhor.

A situação em Kharkiv está bem ruim. É difícil absorver tudo que está acontecendo. O exército ucraniano pediu a alguns dos nossos amigos para saírem do porão do prédio deles porque não era seguro lá. Eles foram colocados em caminhões. Para onde os levaram? Ninguém sabe. Para o centro da cidade, talvez...

Metade do prédio da amiga da vovó foi demolida. Todos os nossos amigos que ainda estão lá querem ir embora de Kharkiv. Eles finalmente se deram conta de que não é seguro. Mas está mais difícil sair agora.

Ligo para Olha. Ela está em Dnipro agora. Aparentemente, está tudo tranquilo por lá.

14h Os repórteres voltaram. Eu falei com eles e traduzi para a vovó. Nós contamos para eles nossa história dos primeiros dias de guerra.

Diário de uma jovem na Guerra da Ucrânia

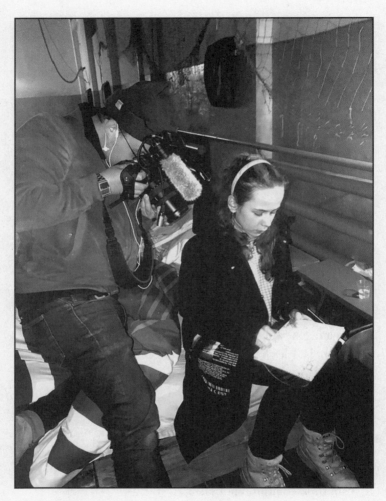

Lendo meu diário para a equipe do Channel 4 News.

Depois, fomos para o centro da cidade dar uma olhada.

Todos os prédios, todos os pontos turísticos me lembram Kharkiv. Quando vejo pontes com vista para essa linda cidade, penso em Kharkiv e minha alma dói. Kharkiv é, ou era, bem mais bonita do que Uzhhorod. Mas pelo menos o chocolate daqui é bom. Nós compramos um carregador de celular novo agora que não posso mais pegar o de Inna emprestado.

Quando voltamos para a escola, me senti infeliz, mas tentei não desanimar.

6 de março de 2022

Rússia volta aos bombardeios durante cessar-fogo acordado, impedindo a evacuação pelo segundo dia
— *Irish Times*

Milhares se juntam para protestar contra a "barbárie" na guerra da Ucrânia
— *Independent*

Mais de 1,5 milhão de pessoas fogem da guerra da Ucrânia
— *Kyiv Post*

Ucrânia suspende exportação de alguns produtos com o crescimento do risco de falta de alimentos
— *CNN*

"Nós entendemos como é uma guerra": poloneses correm para ajudar os refugiados da Ucrânia
— *Guardian*

Dia 11

Um dia ensolarado • Este é um lugar bonito • Caminhada pelo rio Uzh

Foi uma manhã monótona. Nós acordamos, nos organizamos e fomos dar uma caminhada no centro. Estou me apaixonando por esta cidade. Gosto muito do calçadão ao longo do rio Uzh! Nós estávamos aproveitando o dia. Liguei para Khrystyna, minha amiga da escola. Nós passamos uns trinta minutos conversando. Depois, recebi uma ligação de Freddie, o produtor do *Channel 4 News*. Querem fazer um filme curto sobre nós e eu enviei nossa localização para ele.

Depois de um tempo, nos encontramos com os repórteres. Estávamos filmando alguma coisa para o *Channel 4 News* do Reino Unido. Eles me pediram para ligar para um dos meus amigos. Pensei em ligar para Olha, mas ela não atendeu. No entanto...

Eu já tinha conversado com Khrystyna hoje e pensei por que não? Por que não gravar uma entrevista com ela? Eu pedi permissão para a mãe dela e começamos a gravar.

Diário de uma jovem na Guerra da Ucrânia **105**

Ela está em Kharkiv. Ela é muito corajosa por estar lá. Khrystyna falou sobre o que ela faz quando há bombardeios. Ela e a família vão para o corredor e esperam. Às vezes, eu agi como tradutora para ela.

Quando terminamos de filmar, nós voltamos para a escola.

Um pouco de entretenimento no centro de refugiados em Uzhhorod.

7 de março de 2022

O "BÁRBARO" PUTIN ESPALHA TERROR
— *Daily Telegraph*

FAMÍLIAS FOGEM PARA SALVAR A VIDA
— *The Times*

RÚSSIA ATACA A UCRÂNIA POR AR, TERRA E MAR COM CIVIS ENCURRALADOS
— *Kyiv Post*

FUJAM PARA SALVAR SUAS VIDAS
— *Metro*

"CAINDO NO VAZIO": FAMÍLIAS UCRANIANAS SENTEM A DOR DA SEPARAÇÃO
— *New York Times*

Dia 12

Uma nova amizade •
Tirar um novo passaporte é impossível

Nós temos falado sobre o que devemos fazer. Não podemos ficar aqui porque o semestre escolar vai começar em breve e não tem nada disponível para alugar. Nós decidimos sair da Ucrânia de vez. Mas, para fazer isso, temos que tirar um passaporte novo para a vovó porque o dela ficou no nosso apartamento bombardeado.

Nós fizemos uma visita ao Sovyne Hnizdo[33] (o centro de documentação). Fomos levadas ao departamento de passaportes, mas tinha sido transformado em hospital improvisado para pacientes de Covid. Conhecemos uma pessoa que nos ajudou com a linha de ajuda telefônica, mas nos disseram que não estão aceitando casos novos até o fim da guerra. É... essa é a situação. Mas nós estamos determinadas a encontrar um jeito de entrar em outro país.

Nós voltamos para a cidade. Em Dnipro, nós tínhamos tirado

---

33 Sovyne Hnizdo (Ninho da Coruja) é uma adega de vinhos histórica em Uzhhorod, muitas vezes usada como espaço de eventos. Na época em que Yeva esteve lá, estava sendo usada como centro de apoio de refugiados.

Diário de uma jovem na Guerra da Ucrânia **109**

uma boa quantia em dinheiro do caixa eletrônico, mas sem acomodações em que gastar, nós queríamos botar de volta no banco. Não deu: os bancos aqui não estão aceitando dinheiro ucraniano por algum motivo e nós decidimos trocar nossas grívnias por euros, mas o câmbio não está muito bom. Posso comprar um euro com 43 grívnias e vender um euro por 38 grívnias. Um euro custava umas 30 grívnias e a diferença entre comprar e vender nunca era mais do que 1 Grívnia[34,] no máximo.

Nós voltamos para a escola. Os repórteres me apresentaram à colega deles, Nik. Ela e o tradutor me ligaram e nós conversamos. Eu contei que não tinha ideia do que devíamos fazer agora. Devíamos ficar na Ucrânia ou ir embora?

Antes do fim da ligação, um artista entrou na escola vestido de urso polar.

Havia música e todas as crianças dançaram.

---

34 Grívnia ou hryvnia é a moeda nacional da Ucrânia desde 1996. A grívnia é subdividida em 100 kopiyok ou copeques. A moeda também é chamada de grivna, que é a forma em língua russa. Há ainda outras ortografias devido à romanização não uniforme do alfabeto cirílico para o latino, tais como hryvnia ou hryvnya.

Hungria

8 de março de 2022

Dia a dia, Kharkiv está ficando cada vez mais parecida com uma cidade fantasma
— *Kyiv Post*

Conversas entre Ucrânia e Rússia fazem pouco progresso enquanto Kyiv se prepara para um ataque violento
— *Irish Times*

As crianças doentes são arrancadas dos leitos de hospital pelos bombardeios de Putin
— *Independent*

Meu marido ficou para lutar... vamos voltar para Kyiv quando tivermos a vitória
— *Evening Standard*

Milhares prometem abrigar refugiados
— *Irish Examiner*

Dia 13

Nós vamos embora •
Nossa vida nova aguarda • Adeus

Hoje foi um dia agitado. Eu nem tive tempo de escrever no diário! Logo depois que eu acordei, nós decidimos que íamos para a Hungria. A vovó ouviu que, por causa da situação, às vezes as autoridades húngaras fingem que não veem se seus documentos não estiverem completamente em ordem. Vamos torcer para ter sorte.

Ligamos para o padre Emilio, um padre católico em Uzhhorod. Recebemos o contato dele dos repórteres. O padre Emilio nos deu o número de um voluntário. Nós ligamos para o voluntário, que concordou em ir nos buscar na escola e levar para Chop[35], perto da fronteira húngara. E, de lá, vamos atravessar a fronteira para Záhony.

"Que horas o trem parte?", perguntamos a ele.

---

35 Chop é uma cidade na Ucrânia Ocidental, separada da cidade húngara de Záhony pelo rio Tisza.

"Às 10h25", respondeu ele.

"Vamos chegar lá a tempo?" Era em menos de uma hora. Ele falou para a gente não se preocupar, que levaríamos só meia hora.

Nós nos aprontamos para ir. Eu corri para lá e para cá na escola como um foguete tentando pegar nossas coisas. Ligamos para o voluntário de novo e ele disse que chegaria em quinze minutos.

Vovó e eu nos despedimos de Myna e agradecemos pelas boas-vindas calorosas. Nosso carro chegou e nós nos apresentamos ao voluntário. O nome dele é Arsenyi. Ele nos levou até a estação de trem em Chop e nós contamos nossa história para ele. Nessa hora, eu liguei para os repórteres da televisão. Eles estavam nos esperando em Záhony.

Nós chegamos à estação de Chop às dez horas da manhã. Arsenyi nos ajudou a encontrar o lugar certo na estação de trem e também ajudou a comprar as passagens. Eu estava filmando tudo. Nós entramos em uma fila longa de controle de fronteira. O trem estava atrasado por algum motivo. Nós tínhamos que sair às 10h25, mas era meio-dia quando fomos liberados para partir.

Vovó e eu apresentamos nossos documentos para os oficiais, mas… nós precisávamos de mais um documento, uma autorização para eu sair do país, assinada pelo pai ou pela mãe, que nós não tínhamos.

Nós já tínhamos tido uma briga séria com a minha mãe sobre isso antes de ela ir para a Turquia. Já se falava em guerra na Ucrânia, mas ela estava convencida de que não haveria invasão. Conseguir essa permissão custa dinheiro e ela não queria gastar o dela com uma coisa que achava que não precisaríamos.

Nós ficamos para trás. Estavam tentando decidir se podiam nos deixar entrar na Hungria. Nós ficamos ali, com lágrimas nos olhos, rezando. Por favor, nos deixem passar. E deixaram! Disseram que, apesar de não termos uma autorização da minha mãe e apesar de a vovó não estar com o passaporte, eles nos deixariam entrar porque as regras normais não se aplicam durante a guerra. Eles nos deixaram passar graças às nossas orações e à nossa fé forte em Deus. Eu fiquei feliz da vida. Nós entramos no trem. Viva! A vovó encontrou um lugar para sentar e eu fiquei de pé. Depois de apenas vinte minutos, estávamos fora da Ucrânia e em Záhony, na Hungria! Nós esperamos que eles nos deixassem descer do trem. Eles estavam olhando o passaporte de todas as pessoas a bordo. Fiquei com medo de me pedirem aquele formulário de autorização de novo. Pela janela, vi os repórteres de televisão na plataforma. Acenei para eles e eles me viram. Quando estávamos seguindo lentamente na direção da porta do trem para descer, vi Flavian descer casualmente para os trilhos e começar a filmar. Foi engraçado.

Depois de uns 45 minutos, chegou nossa vez. Olharam nossos documentos e nós descemos do trem. Ainda bem que não pediram o formulário de autorização.

Nós nos encontramos com os repórteres e fomos enviadas para o ponto de registro. Infelizmente, os repórteres não tiveram permissão de entrar. Quando vovó pegou o visto, válido por três meses, nós os encontramos de novo. Na mesma hora, pegamos nossas passagens de trem, que uma moça estava distribuindo como se fossem folhetos, e corremos direto para o trem a caminho de Budapeste, a capital da Hungria.

Todo esse tempo, meus colegas de escola estavam mandando mensagens no chat da escola. A maioria das pessoas do meu ano na escola está saindo de Kharkiv agora. Polyna fugiu para a Alemanha, Maryna foi para Kremenchuk, na Ucrânia Central, e Kyrylo está na fronteira polonesa.

Ninguém fala inglês nem russo na Hungria. Talvez alguns policiais e voluntários, mas, fora isso, parece ser só húngaro. Nós estamos prestes a chegar em Budapeste. No começo, quando eu estava olhando para a cidade pela janela do trem, ela pareceu comum, básica. Logo vi que eu estava enganada... O trem parou em uma plataforma perto do prédio da estação. Nós desembarcamos e fiquei chocada com o que eu vi. Keleti é uma bela estação de trem com colunas gigantes apoiando um teto de vidro enorme. Os repórteres começaram a me filmar. Eu entrei no prédio principal da estação e havia estátuas junto às paredes. Os voluntários estavam distribuindo o que você pedisse, coisas como xampu, absorventes, fraldas, e conseguimos pegar pasta de dente, escova de dente e comida.

Saí da estação de trem e dei uma olhada ao redor. Era incrível! Não vou parar de dizer: que cidade linda! Um shopping center grande, prédios antigos, a agitação de pessoas e carros ao meu redor. Eu não consegui conter minhas emoções.

Eu estou na Europa! Pela primeira vez na vida!

Os repórteres tinham conseguido uma carona para nós e fomos procurar o carro. Tivemos que atravessar a rua algumas vezes, e cada vez a vovó e Paraic ficavam presos na ilha no meio da rua porque não conseguiam acompanhar. Isso foi engraçado. Nós conhecemos Piotr, o motorista, que é da Polônia. Nós nos despedimos dos repórteres e combinamos de nos encontrar com eles no dia seguinte, depois Piotr foi nos levar para uma pessoa que aceitou nos deixar ficar com ela no apartamento por um tempinho.

Nós fomos até o outro lado da cidade. Algumas ruas e templos antigos me lembram Kharkiv. Estávamos nos aproximando da ponte Széchenyi Lánchíd, que era linda. A vista era encantadora; parecia coisa de contos de fadas: um barco flutuando, cintilando cheio de luzinhas; postes de luz que dão ao rio um ar romântico. Tem prédios incríveis dos dois lados do rio: o Castelo Buda, o Parlamento Húngaro e muitas outras coisas interessantes. Eu fiquei sem palavras. Só ficava pensando: *Isso tudo é tão europeu!* Piotr nos contou como a cidade recebeu aquele nome. De acordo com ele, Pest tem esse nome por causa de todos os mercados lá. E Buda se chama assim porque é o nome de um castelo daquele lado do rio[36.]

21h Nós chegamos e conhecemos nosso novo anfitrião. O nome dele é Attila e ele ficou feliz em nos ver. Attila nos mostrou nosso quarto, o chuveiro e a cozinha e disse que podíamos ficar à vontade para usar tudo e que conversaríamos mais no dia seguinte. Ele é bem legal mesmo. Acho que temos um grande dia à frente amanhã, mas hoje eu estou quase caindo de exaustão.

---

36 Embora seja essa a versão que Yeva ouviu, Budapeste recebeu seu nome das duas cidades em lados opostos do rio Danúbio, Buda e Pest, quando elas se juntaram. Em húngaro, "Buda" significa "água" e "Pest" significa "fornalha".

9 de março de 2022

GUERRA DA UCRÂNIA CHEGA À MARCA DE DUAS SEMANAS: RUSSOS DESACELERAM, MAS NÃO PARARAM
— *Independent*

QUASE 35 MIL PESSOAS RESGATADAS POR CORREDORES HUMANITÁRIOS, DIZ ZELENSKY
— **CNN**

ZELENSKY: ZONA DE EXCLUSÃO AÉREA NECESSÁRIA PARA IMPEDIR CATÁSTROFE HUMANITÁRIA
— *Kyiv Post*

"GOLPE EM PUTIN": GRÃ-BRETANHA E EUA BANEM PETRÓLEO RUSSO
— *Guardian*

NÓS NUNCA VAMOS NOS RENDER
— *Daily Mirror*

Dia 14

**Mais novas amizades • Explorando outra cidade •
Uma noite inesquecível**

Acordei às 8h30. É a primeira vez que eu durmo a noite toda desde a invasão. Peguei no sono com um sorriso no rosto, pensando em tudo o que tinha acontecido ontem. Contei para Attila o que passamos em Kharkiv e como viemos parar aqui.

Hoje, queremos explorar nossa nova região. E, aliás, estamos ficando quase no centro. O prédio em que estamos tem uma disposição curiosa. A porta da frente do apartamento dá em uma varanda longa com vista para um pequeno pátio. Attila tirou algumas fotos nossas agora. Ele é fotógrafo.

Os repórteres me apresentaram para Delara e Tom, os colegas do *Channel 4 News*, por telefone. Vamos nos encontrar. Mal posso esperar!

O tempo passou. Andei pelo apartamento com impaciência, ansiosa para encontrá-los. E aí, alguém tocou a campainha. Eram eles. Corri para abrir a porta e me perdi! Depois de alguns minutos, consegui achar a porta. Nós nos apresentamos e eu os levei para o apartamento. Nós começamos a conversar e eu contei minha história desde o começo. Depois de um tempo, outros repórteres do *Channel 4 News* chegaram. Fui abrir para eles (não me perdi desta vez) e gravei uma entrevista. Eles todos estão indo para a Moldávia, mas nós vamos ficar aqui com Delara e Tom. Ah, bem… Que pena. Eu desejei boa viagem. Vou sentir muita saudade deles.

Depois que eles foram embora, vovó e eu decidimos ir dar uma volta perto do rio. Peguei um mapa e saímos. Mas não sabíamos bem como chegar lá. Perguntamos a uma garota húngara, mas ela falava pouco inglês. Eu expliquei tudo para ela usando um aplicativo de tradução e ela nos deu instruções, mas não conseguimos entender direito. Conforme fomos andando, perguntamos a outras pessoas, mas elas nem olharam para nós. Isso é um tipo de discriminação!

Então acabamos indo andar em volta do parque ao lado do apartamento. Depois da caminhada, queríamos encontrar uma farmácia. Graças a Deus encontramos outra garota que falava inglês. Ela nos levou até uma farmácia, que na verdade era um laboratório médico. Ela tentou nos dar instruções novas, mas não conseguimos entender nada. Esqueci de dizer que as sirenes das ambulâncias, carros de bombeiro e de polícia em Budapeste são muito altas. Podiam diminuir um pouco o volume!

Foi nessa hora que recebi uma ligação de Delara nos convidando para fazer um passeio de barco no rio e ver a vista. Ficamos felizes da vida! Nem hesitamos em aceitar. Eles vão nos buscar às 19h45 e nós vamos passear de barco para ver Budapeste melhor.

19h46 A campainha tocou e eu corri para abrir a porta, tropeçando em mim mesma de tanta empolgação. Nós entramos em um táxi e percorremos o centro da cidade, depois esperamos para entrar no barco.

Depois de um tempo, nós começamos a subir a bordo. Subi com ansiedade no barco e fomos para o convés superior. O barco começou a se mover. Nós estávamos descendo o rio. Saí do convés fechado de passageiros para pegar ar e vi que estávamos passando pelo prédio do Parlamento Húngaro. É tão lindo. Eu nunca vi a Casa Branca dos Estados Unidos, mas tenho confiança de que o Parlamento Húngaro é um milhão de vezes mais bonito. É inacreditavelmente grande, parece um palácio. A bandeira húngara no telhado se destaca e o prédio fica iluminado à noite, o que dá um ar romântico. Depois, passamos debaixo de pontes, admiramos o castelo, vimos a cidade em toda a sua glória. Fiquei chocada com tanta beleza. Nós filmamos uma entrevista durante o passeio pelo rio. Eu estava quase explodindo de tantas emoções que estava sentindo. Aí, o barco deu meia-volta. Eu gostei de cada momento.

Nós atracamos e voltamos para o apartamento. Agradeci a Tom e Delara pela linda noite. Eu estava tão cansada que, quando voltamos para o apartamento, eu desabei na cama e caí em um sono profundo.

Uma noite maravilhosa em Budapeste, em um barco no rio Danúbio com a equipe do Channel 4 News.

Diário de uma jovem na Guerra da Ucrânia

10 de março de 2022

"GENOCÍDIO": RÚSSIA BOMBARDEIA HOSPITAL INFANTIL UCRANIANO
— *Guardian*

FERVEM NEVE PARA TER ÁGUA, COM MORTE NO AR
— *New York Times*

"SEM PROGRESSO" DEPOIS QUE MINISTROS DAS RELAÇÕES EXTERIORES DA RÚSSIA E UCRÂNIA SE REÚNEM PARA A PRIMEIRA CONVERSA DESDE A INVASÃO
— *The Week*

CRISE DA UCRÂNIA AUMENTA OS MEDOS EM RELAÇÃO À PRODUÇÃO MUNDIAL DE ALIMENTOS
— *Scotsman*

PREFEITO KLITSCHKO: METADE DA POPULAÇÃO DE KYIV FUGIU
— *Kyiv Post*

Dia 15

**Uma caminhada em um parque de Budapeste •
Conhecendo novas pessoas**

Durante a noite, alguns refugiados de Odessa[37] foram ao apartamento e ficaram lá. E hoje cedo uns outros refugiados chegaram.

Nós vamos nos encontrar com Delara e Tom mais tarde e eu vou ler meu diário para eles. Mal posso esperar para vê-los. O resto da equipe do *Channel 4 News* está na Moldávia agora.

Nós decidimos fazer uma caminhada e vovó e eu nos sentimos mais confiantes desta vez. Demos uma volta em torno do parque. Hoje o dia foi quente e ensolarado.

Depois da caminhada, voltamos para o apartamento e Tom e Delara foram me filmar lendo meu diário.

Todos os dias, eu mando mensagem e ligo para os meus amigos. Eu pergunto como está a situação em Kharkiv. Falo com a vovó Zyna e o vovô Yosip, que ainda estão lá.

---

37 Odessa é uma cidade portuária no sudeste da Ucrânia, à beira do Mar Vermelho.

Amanhã é um dia importante. Estou guardando um segredo deste diário desde que nos encontramos com os repórteres. Amanhã, tudo será revelado...

Irlanda

Dublin

EUROPA

Carro
---------- Trem
========= Avião

11 de março de 2022

Dia 16

**Vou pegar um avião • O plano está
em andamento • Tem gente nos esperando**

Hoje, vou partir para Dublin, na Irlanda. Estou escondendo esse fato deste diário há um tempão! Vou explicar. Desde o primeiro dia em que os conheci, estou pedindo aos repórteres para nos ajudarem a irmos para a Inglaterra. Depois de uns três dias, ficou claro que, para fazer isso, nós teríamos que ter familiares lá. Eles disseram que poderíamos ir para a Irlanda ou para a França. Nós tínhamos ouvido falar que os franceses não eram muito calorosos com imigrantes e nós não falamos francês. Então, decidimos ir para a Irlanda.

Durante nossa conversa telefônica, Nik explicou o processo e nos mandou um documento. Os repórteres nos ajudaram em tudo e não foi acidente termos ido parar em Budapeste. Nós compramos nossas passagens de avião ontem. Tom e Delara mostraram para nós nos celulares deles.

Nós decidimos ir dar uma volta no parque e depois ir a um shopping center. Encontramos Tom e Delara lá, nos sentamos em um café e conversamos. No começo, eles disseram que iriam conosco para a Irlanda, mas depois disseram que não iam poder. Eles nos levaram para o apartamento e nós começamos a arrumar as coisas. Depois, nos sentamos um pouco[38] para depois irmos para o aeroporto.

Nós chegamos e entramos. Tudo estava preparado para nós e recebemos nossas passagens. Quando chegamos à verificação de segurança, nos despedimos de Tom e Delara e eles nos disseram para procurá-los se precisássemos de ajuda com qualquer coisa. Passamos pela segurança e fomos parar na sala de embarque. Ficamos sentadas esperando que o número do nosso portão fosse anunciado.

Uma hora se passou. O número do portão apareceu na tela, B24. Fomos até o controle alfandegário. Depois que passamos, localizamos nosso portão. Só precisávamos agora esperar.

Nosso voo atrasou. Estava marcado para decolar às 20h20.

Ficamos em uma fila por meia hora. Finalmente, ela começou a andar. Verificaram nossos cartões de embarque e nos pediram para colocar as máscaras. Eu procurei nos bolsos. Sem máscara, sem voo. Podia haver uma guerra acontecendo, mas a Covid-19 continuava lá. Eu estava começando a ficar com medo de que essa coisinha pudesse

---

38 Esse é um pequeno ritual que algumas pessoas de países que foram soviéticos fazem antes de viajar. Quando estão prestes a partir, elas param o que estão fazendo e se sentam. Depois de alguns segundos sentadas em silêncio, elas vão embora. Acredita-se que tenha origens em tempos pagãos.

nos fazer perder o avião. Mas felizmente tudo foi resolvido. A comissária de voo nos deu máscaras quando eu estava prestes a cair no desespero. A fila começou a andar lentamente para entrar no avião.

Nós passamos muito tempo esperando o avião decolar. Finalmente, ele começou a se mover. Eu peguei o celular e comecei a filmar. O avião pegou velocidade correndo pela pista e nós finalmente decolamos! Foi incrível! Eu estava tão feliz porque ia para um país seguro e porque havia gente nos esperando no aeroporto.

Eu tinha telefonado para as pessoas que vão nos receber em Dublin, Catherine e o marido dela, Gary, antes da decolagem. Eles nos encontrariam no aeroporto. O voo levou duas horas e quarenta minutos. Eu mal podia esperar para chegar.

Finalmente, o avião pousou. Nós tínhamos chegado em Dublin! Eu tirei o celular do modo avião e vi que estava explodindo de mensagens. Eu queria responder a todas, mas não estava conectada à internet.

Saímos do avião e andamos por muitos corredores longos. Parecia que estávamos andando em círculos para chegar ao controle alfandegário. Quando chegamos lá, houve um problema com os documentos da vovó, mas tudo ficou resolvido e ela recebeu um visto permitindo que ela ficasse por noventa dias. Vamos resolver o resto depois. Agora, só estávamos tentando encontrar o caminho para sair do aeroporto porque tinha gente nos esperando...

Pedimos instruções até a saída. Andamos pelas portas e... havia uma multidão esperando nossa chegada. Havia repórteres de televisão, os amigos e familiares dos nossos anfitriões e os nossos anfitriões em pessoa, Catherine e Gary. Foi uma recepção calorosa. Nós ficávamos nos abraçando. Estou muito feliz.

23h Agora, vamos procurar o carro e seguir para casa. Os irlandeses são muito gentis e simpáticos. Aliás, eles dirigem do lado esquerdo da rua aqui.

3h. Quando chegamos ao carro, liguei para a equipe do *Channel 4 News* e agradeci a todos pela ajuda de arrumar aquele caminho para nós, pelos anfitriões maravilhosos que eles arrumaram e por nos fazer nos sentirmos seguras.

Chegamos muito tarde, à meia-noite. Tem um cachorro na casa chamado Buddy. Fiz carinho nele. Eles nos mostraram a casa e o nosso quarto. Me encheram de presentes: um pijama novo, artigos de higiene, roupas confortáveis e brinquedos. Estou escrevendo isso agora porque estou tão empolgada que não consigo dormir!

Boas-vindas calorosas no aeroporto de Dublin — eu, Catherine e vovó.

Um novo amigo em Dublin!

12 de março de 2022

Garota ucraniana Yeva (12) é recebida no aeroporto de Dublin pela família anfitriã com o "Diário de Guerra" na mão
— **Independent.ie**

Dia 17

Boas-vindas calorosas • Me sentindo otimista

Hoje, um dia novinho em um país novinho me aguarda. Conheci nossos novos vizinhos e eles me deram boas-vindas calorosas à Irlanda. Nós nos abraçamos. Eles ficaram tão felizes de nos ver. Apesar de a vovó não falar inglês, ela viu como aquelas pessoas foram sinceras. Algumas levaram flores. Outras levaram presentes. Foi uma sensação tão gostosa. Nós nos sentamos e conversamos. Eles estavam muito interessados na nossa história. Uma das vizinhas depois perguntou se eu queria ir até a casa dela tocar piano. Primeiro, tive dificuldade de lembrar as músicas que eu tinha aprendido, mas depois voltou tudo. Ouvir o som do piano de novo foi maravilhoso. Foi uma alegria tão grande tocar música clássica.

19h De noite, mais vizinhos apareceram, e eles tinham uma filha da minha idade. O nome dela era Nina. Ela perguntou se eu queria ir cozinhar com ela. Eu adoro fazer doces e bolos gostosos, então disse sim! Nós nos divertimos misturando os ingredientes. Juntas, botamos bolinhos no forno e fomos jogar um jogo de tabuleiro com a mãe dela, o que foi bem divertido. Eu fiquei muito feliz porque ganhei.

Quando terminamos de jogar, estava na hora de tirar os bolinhos do forno. Ficaram bem bonitos. Depois eu tive que voltar para a casa da Catherine e do Gary. Que noite divertida! Eu levei bolinhos e todo mundo gostou. Ficaram uma delícia!

Finalmente, estou tocando de novo.

13 de março de 2022

Dia 18

**A entrevista • Visita a uma igreja
católica ucraniana • O Mar da Irlanda**

Hoje de manhã, uns repórteres irlandeses filmaram uma entrevista comigo, que vai passar na televisão hoje à noite. Vai ser a primeira vez que vou me ver na televisão, mas não estou muito empolgada. Por dentro, só estou pensando na minha casa. Por dentro, estou sofrendo.

Depois disso, fomos a uma igreja católica ucraniana para assistir à missa. Nós rezamos por nós mesmas e por todo mundo que amamos em Kharkiv.

Gary foi nos buscar e fiquei feliz de ver que ele estava com Buddy no carro. Ele perguntou se queríamos andar na praia, na beira do Mar da Irlanda. Nós agarramos a oportunidade!

Quando chegamos, senti o vento na cara e soprando no meu cabelo. Descemos para a areia e a maré estava baixa, o que fazia a praia parecer enorme. Tirei algumas fotos. O mar estava deslumbrante. Eu estava enrolada em um casaco quentinho e aconchegante, mas os praticantes de kitesurf estavam se aventurando bravamente pela água, deslizando sobre as ondas. O mar parecia um espelho, refletindo o céu. Corri pela areia da praia e apreciei cada momento maravilhoso. Fui tomada de emoção. Buddy também estava correndo e eu ficava tentando pegá-lo. Foi tão emocionante.

Depois, fomos dar uma olhada na cidade. Tem árvores plantadas nas margens do rio. Parques verdes lindos nos quais dá para correr, não como os gramados de Kharkiv!

Quando chegamos em casa, o cachorrinho estava exausto. Foi mesmo um dia lindo.

15 *de março de* 2022

Dia 20

**Notícias de Kharkiv • A escola do Gary •
O museu EPIC • O Livro de Kells**

Ontem, ligamos para meus outros avós, a vovó Zyna e o vovô Yosip. Eles nos contaram que trocaram de porão e que estão enfiados em um lugar subterrâneo na avenida Haharina, no sul de Kharkiv. É um lugar bem mais confortável, com espaço para dormir, tomar banho, cozinhar e comer. Fiquei aliviada por eles, porque o porão anterior era um lugar desagradável e úmido.

Marfa, amiga da minha avó, foi buscar pão e encontrou uns voluntários trabalhando em uma tenda para ajudar pessoas. No dia seguinte, quando saiu do porão de novo, ela viu que a tenda tinha sumido. Só tinham sobrado destroços.

8h Catherine e Gary são professores. Hoje, eu visitei a escola do Gary. Conheci outras garotas lá; elas eram mais velhas do que eu, mas nós nos divertimos juntas.

O grupo todo saiu da escola para um passeio. Nós pegamos um trem. Vi Dublin pela janela. O curioso sobre Dublin é que não há muitos prédios com mais de cinco andares. As ruas têm estilo europeu. Os prédios de tijolos vermelhos são lindos. Fiquei surpresa porque a cidade não tem metrô!

Passamos por uma ponte que atravessa o rio Liffey. É incrível. Estou olhando por aí e vendo muitas pontes diferentes. Cada uma tem algo de especial. Algumas são altas, grandes, construídas para permitir a passagem de carros. Mas outras são pequenas, só para pedestres. Nós passamos pela rua mais conhecida de Dublin, a rua Grafton. Passamos junto ao rio e viramos na direção do EPIC, o Museu de Imigração Irlandesa.

Ficamos juntos como uma fileira de gansos.

Entramos no prédio de vidro do Museu EPIC. Recebemos nossos "passaportes do museu": livretinhos com um mapa das exposições do museu, que podemos marcar com um carimbo quando as visitamos. Nós entramos. Havia muita informação sobre a história da Irlanda para absorver e nem sempre consegui entender tudo. Havia vídeos projetados nas paredes. Aprendemos sobre a história das cortes, sobre a fome, as guerras, os feriados nacionais e comida e dança irlandesa. Tentei fazer alguns passos. Não quero me gabar, mas acho que fui bem!

Depois do museu, seguimos para a faculdade Trinity. No caminho, fiquei impressionada porque as ruas e lojas eram muito lindas. E depois, entramos na biblioteca e vimos o antigo Livro de Kells[39]. É bem grande, tem 1.200 anos e foi escrito em latim. Nós não pudemos tirar fotos. Depois, subimos uma escada e entramos em uma biblioteca bem comprida. Dois andares cheios de livros. Eu não tive dúvida de que daria para encontrar alguns dos poemas de Pushkin (foi esse nome que surgiu na minha cabeça quando tentei pensar em um escritor, não sei por quê). Alguém tocou o tema do Harry Potter no celular e, na mesma hora, imaginei que eu estivesse em Hogwarts.

No caminho de volta no trem, vi um ônibus lindo — tipo os que tem em Londres, mas mais coloridos. Quando cheguei em casa, estava tão cansada que mal aguentava botar um pé na frente do outro. Eu apaguei com Buddy enrolado em cima de mim. Feliz, caí num sono profundo.

---

39 O Livro de Kells é um manuscrito iluminado que contém os quatro Evangelhos do Novo Testamento e fica na Biblioteca da Faculdade Trinity, em Dublin.

16 de março de 2022

Dia 21

A escola de Catherine • Dança irlandesa • Svyatohirs'k está destruída

Estou gostando de estar aqui, mas hoje fui tomada por uma tristeza. Estou com saudades de casa, estou com saudades dos meus amigos, estou com saudades da escola.

Catherine me levou para a escola onde ela dá aulas. Minha tristeza foi sumindo aos poucos e tentei de novo as danças irlandesas com as meninas de lá. As aulas foram divertidas. Durante o recreio, fomos para o pátio gramado. Tentei ler um livro em inglês na biblioteca, mas tive dificuldade e não consegui entender muito, então tive que usar o aplicativo de tradução. Preciso melhorar meu inglês. Mas não estou muito preocupada, eu vou aprender.

Tive um dia maravilhoso em Dublin, mas foi um dia horrível em Kharkiv e em Donetsk Oblast.

Havia um shopping center enorme ao lado da minha escola, mas não há mais. Foi destruído. Tem um boato de que o exército russo vai começar a usar armas químicas[40] contra os sobreviventes que restam. É basicamente genocídio contra o povo ucraniano a essas alturas!

Tem uma cidade famosa na Ucrânia chamada Svyatohirs'k. Tem um mosteiro lindo lá. Fui lá no verão passado para relaxar e curtir a vida e hoje ela foi bombardeada. Destruída.

---

40 Armas químicas são munições especializadas que usam produtos químicos formulados para infligir morte ou fazer mal a humanos. Armas químicas são classificadas como armas de destruição em massa.

17 de março de 2022

Dia 22

**Os repórteres britânicos vão visitar •
Meu primeiro dia de São Patrício**

Hoje, nossos amigos repórteres do Channel 4 vão a Dublin porque é dia de São Patrício. Fiquei feliz da vida! Nós vamos ver o desfile e temos que usar alguma coisa verde.

Catherine e eu estamos fazendo cupcakes com cobertura verde. Experimentei a mistura da cobertura e… meus dentes ficaram verdes! Passei cinco minutos tentando decidir se devia escovar de novo ou não. Ainda estava pensando quando ouvi a campainha. Foi bem estranho.

Mas escovei os dentes rapidamente e eles ficaram brancos de novo. Ufa!

Saí para o corredor e vi que Paraic e a equipe toda estavam lá. Nós nos abraçamos. Eu tinha ficado com saudades. Quando chegamos ao desfile, os repórteres começaram a filmar. Andei no meio de um grupo de pessoas para ver melhor. Tinha tanta gente diferente. Soldados, músicos, acrobatas... qualquer pessoa que você pudesse imaginar. Também havia gente vestida como personagens da história e do folclore irlandês, mas nós não sabíamos quem eram... ainda. Assisti com muita alegria, empolgada para ver quem apareceria na esquina.

O desfile estava quase acabando e estávamos nos preparando para ir embora, mas Paraic não estava em lugar nenhum. Fomos procurá-lo. Quando eu estava começando a achar que tínhamos procurado por metade do centro da cidade, Paraic finalmente apareceu.

Nós vimos um casal enrolado em bandeiras ucranianas. Nós falamos com eles. Eles tinham chegado a Dublin só uns dois dias antes.

O principal que eu queria saber era: "Havia muitos aviões no céu onde vocês estavam? Como vocês lidaram com o barulho terrível?"

Eles disseram: "No primeiro dia, quando fugimos, vimos aviões voando acima das nossas cabeças. Depois disso, mudamos cinco vezes de país antes de decidir vir para Dublin."

Não foi uma conversa longa, mas os sentimentos retornaram: os bons e os ruins. Senti tristeza e dor. Meus olhos se encheram de lágrimas. Lembro como eu chorei enquanto rezava para a minha casa ser poupada das bombas. Pensei em Kharkiv e em todas as coisas importantes nela que agora foram destruídas.

Quando entrei no táxi para ir para casa, as lágrimas começaram a escorrer pelo meu rosto.

Diário de uma jovem na Guerra da Ucrânia

Eu me divertindo no Desfile de Dia de São Patrício em Dublin.

148 Yeva Skalietska

18 de março de 2022

YEVA, UCRANIANA DE DOZE ANOS, É UMA DE MILHÕES QUE FORAM OBRIGADOS A FUGIR DO PAÍS DEPOIS DA INVASÃO DA RÚSSIA. ELA TEM UM DIÁRIO SOBRE A LONGA JORNADA QUE TERMINOU EM SEGURANÇA AGORA, NA IRLANDA.

— Twitter do Channel 4

Dia 23

Diversão no zoológico • Muita coisa para absorver

Hoje, nós fomos ao zoológico. Eu fiquei empolgada. Estava muito interessada em ver como é o zoológico de Dublin. Nós entramos no carro e fomos até um parque grande. Tinha espaços verdes abertos e pequenos bosques. Eu queria sair do carro e correr pela grama. O parque era tão grande que levaria um dia inteiro para explorá-lo todo. O presidente da Irlanda tem uma casa em algum lugar nesse local, mas nós não fomos lá.

O parque era lindo, mas era só a ponta do iceberg. O zoológico era incrível! Os lêmures pulavam pelas árvores, como se nem desconfiassem que estavam vivendo em um zoológico. Eram de cores variadas: havia vermelhos e cinzentos e pretos também. O tigre ficou de provocação se escondendo atrás de umas árvores, o que obrigou todo mundo a esperar que ele saísse. Enquanto isso, os leões estavam deitados no sol, sem a menor preocupação do mundo. Os leões-marinhos ficavam botando a cabeça para fora da água antes de voltar a

Diário de uma jovem na Guerra da Ucrânia   **151**

mergulhar. Havia umas sete girafas reunidas, tentando chegar a umas folhas. Os gorilas estavam na ilha, em conversa profunda. Nós quase nos perdemos em um bambuzal a caminho da jaula do elefante. Eu não consegui acreditar em como os rinocerontes eram grandes.

Nós estávamos na metade do caminho quando ficou muito bonito. Havia uma cachoeira artificial que brilhava ao sol. Havia um lago cercado de uma pequena selva com macacos pulando de árvore em árvore. Uma pontezinha nos levou por cima de um lago até uma ilhota. Eu queria subir na amurada e ir brincar com os macacos na ilha, mas estava ficando muito cansada e não poderia, mesmo que fosse permitido! Estava ficando mais difícil andar. Eu estava gostando do zoológico, mas não tinha mais nenhuma energia. Nós não tivemos tempo de ver tudo, mas as coisas que vimos foram incríveis.

A cada dia, Dublin vai ficando mais e mais interessante. Mais e mais incrível.

20 de março de 2022

Dia 25

**Cada dia pesa mais na minha alma •
O horror continua chegando • O castelo e o campo •
O mar e as pedras da infância do Gary**

Eu quero dedicar o dia de hoje no diário aos meus amigos e familiares que ainda estão em casa. Nossa amiga Marfa nos contou que é doloroso falar sobre o que Kharkiv virou.

Ela diz que um prédio ao lado do hospital pegou fogo. A central de aquecimento foi dizimada da face da Terra.

Anzhela, amiga da vovó, nos mandou um vídeo de um jardim de infância perto do nosso prédio. Foi bombardeado. Ninguém estava dentro, mas espero que nosso apartamento esteja bem.

Nossa vizinha fugiu para a Alemanha com a mãe. Nelya, outra amiga da vovó, fugiu para a Polônia com o filho. Meus avós ainda estão escondidos no porão na avenida Haharina, em Kharkiv. Minha tia e meu tio estão em Poltava junto com minha prima. Nós ligamos para Motrona. Ela trabalha em uma funerária e disse que estava no meio de uma procissão funerária quando os bombardeios começaram. Ela está com medo de morrer.

Nos últimos dias, nós viramos turistas de verdade. Hoje, fomos ao Castelo de Malahide e a uma linda praia.

Nós visitamos um parque no caminho. O céu azul estava cheio de tons diferentes e as nuvens brancas estavam espalhadas nele como numa pintura. O gramado verde estava perfeitamente aparado. Estava tão lindo que senti na mesma hora vontade de correr nele. O lugar todo tinha cheiro de liberdade.

Nós estacionamos o carro e seguimos na direção de uma floresta de pinheiros altos. Aí, nós seguimos para o castelo. Tive um vislumbre de uma das torres dele ao longe. Parecia uma coisa de tempos medievais. Nós dobramos uma esquina e o Castelo de Malahide apareceu na nossa frente em toda a sua glória. Ele foi construído no século XII, mas continua lindíssimo. Eu me virei e vi uma clareira ampla atrás de nós. Corri segurando a guia do Buddy. O pobrezinho ficava tropeçando nas próprias pernas enquanto tentava acompanhar. Eu me deitei na grama e passei os braços em volta dele. Eu me senti livre.

Gary pensou que podíamos ir a um lugar chamado praia de Portmarnock depois, perto de onde ele passou a infância.

Lá, a água azul-céu e as faixas de areia se prolongavam ao longe. Havia pessoas fazendo caminhadas e me pareceu que elas estavam andando no céu.

Nós descemos uns degraus. A maré estava baixa. Havia piscinas de pedra refletindo o sol, fazendo parecer que estavam cobertas de gelo.

O sol estava descendo e o céu estava incrivelmente lindo. As ondas batiam nas pedras. Havia uma brisa vindo do mar. Eu pensei em curtir uma aventura e subir nas pedras. Estavam escorregadias. Quando estava pegando confiança, vovó me chamou para descer e tirar uma foto. Fiquei muito decepcionada porque eu tinha passado por tanta dificuldade para subir e foi tudo em vão. Olhei para o horizonte esplêndido. O azul da água, o céu pintado de roxo-rosado e branco-azulado. Estava magnífico. Eu não conseguia parar de olhar, mas era hora de voltar.

Tudo isso era maravilhoso e lindo, mas, todas as noites, antes de dormir, nós vemos as notícias sobre a Ucrânia e Kharkiv. Os bombardeios continuam. Os Grads e mísseis nos deixam desesperadas. Minha família está escondida em um abrigo. É horrível e assustador de se pensar.

Eu e o Mar da Irlanda.

21 de março de 2022

Dia 26

20h17

Yeva
Vocês estão na Ucrânia?

20h17

Evhen
Sim

20h17

Fylymon
Eu também

20h17

Evhen
Perto da fronteira

20h18

Fylymon
Em algum lugar perto da região de Cherkasy

20h28

Yeva
E eu tô fora do país

20h28

Yeva
Bem longe da guerra

20h32

Fylymon
Você vai voltar um dia?

20h32

Yeva
Eu me sinto ótima aqui

20h33

Fylymon
Onde você está

20h33

Yeva
Bem longe

23 de março de 2022

Dia 28

Um grito da alma • Dor por Kharkiv

A guerra está acontecendo há um mês agora. Trouxe tanto sofrimento para meus amigos e familiares… para todo mundo. Quantas vidas já foram tiradas e quantas mais ainda vão tirar? Ninguém sabe o que vai acontecer amanhã, em uma hora ou mesmo em um minuto…

Quanto menos gente souber como é uma guerra, melhor. O mundo seria um lugar melhor, porque não há nada pior do que a guerra.

Todos os dias, meu coração é partido em pedacinhos enquanto vejo o que está acontecendo no meu país, na minha cidade. Os que sobreviverem à guerra nunca serão os mesmos de antes. Eles vão apreciar a vida e os dias de novo, mas só porque vai ser um dia sem guerra.

Agora eles sabem e sempre vão saber como é acordar com o som de bombardeios e mísseis. E como é rezar pela sua casa todos os dias. Hoje, sua casa não foi atingida por um míssil, mas amanhã as coisas podem ser diferentes.

Todos os dias, há mais e mais prédios de apartamentos sendo bombardeados. E estou ficando cada vez mais cansada de perguntar: Por que vocês estão lutando? Quem vai reconstruir isso tudo e quanto tempo vai demorar? Por que vocês precisavam começar isso? Nós estávamos vivendo em paz e harmonia!

O que mais me dói é quantos civis e crianças inocentes estão sendo mortos. O exército russo está lançando suas bombas de forma implacável, dizimando cidades da face da Terra.

O que sobrou da minha casa. Sinto tanta dor quando penso em Kharkiv.

28 *de março de* 2022

Dia 33

A carta • Gratidão

Chegou a hora dos nossos repórteres contarem outras histórias. A equipe do *Channel 4 News* me mandou um e-mail que dizia que não vamos ter notícias deles no futuro próximo. Há épocas em que eles se concentram em histórias sobre pessoas específicas, mas também há épocas em que eles precisam trabalhar em outras tarefas importantes. É tranquilizador para eles saber que estamos em um país seguro agora. O fato de que agora eles precisam se concentrar em outras coisas pode ser difícil para todos aceitarem, porque pode parecer que eles estão seguindo em frente e deixando para trás

Paraic visitou Kharkiv e nos mandou essa foto, de um foguete enfiado numa cratera perto do meu prédio.

quem eles conheceram no caminho. Mas isso não é verdade. Eles nunca nos esquecerão... e nós nunca os esqueceremos. Espero que fiquemos amigos para sempre... Eu mandei uma carta para eles em inglês:

Querido Paraic e toda equipe do *Channel 4 News*,

Vocês são as pessoas mais gentis que poderíamos ter conhecido na vida. Vocês mudaram nossa vida para melhor e eu não sei o que teria acontecido se nós não tivéssemos conhecido vocês. Vocês nos resgataram da guerra e salvaram nossas vidas. Foi um feito grandioso e muitas pessoas não teriam feito isso na mesma situação. Qualquer problema que tivermos agora, acho, será solucionado e tudo vai ficar ótimo. Além do mais, quero agradecer pela ajuda para encontrar uma boa agente literária. Talvez eu me encontre com ela em breve e meu diário tenha uma editora (eu nunca tinha sonhado que isso aconteceria antes de conhecer vocês). Acredito que seremos amigos para sempre e por toda a eternidade (mesmo que a gente não mantenha contato frequente). Eu espero muito que a gente se encontre de novo um dia. Estou enviando muitos bons pensamentos. "Gratidão" parece uma palavra pequena demais para se dizer por tudo que vocês fizeram por nós.

Yeva e Iryna

29 de março de 2022

Dia 34

Howth • O farol

Hoje nós fizemos uma viagem que mudou tudo que eu achava que sabia sobre viajar. Eu vi algumas palmeiras hoje e, por alguns segundos, fui transportada de volta para Sochi[41,] onde minha bisavó mora. Foi estranho ver aquelas árvores, parecia que havia um pouco de Sochi ali comigo. Eu passava verões inteiros lá, brincando no mar. Mas agora a guerra separou a Rússia e a Ucrânia. É tão triste. Dói saber que fui separada da minha família. Eu quero tanto que isso tudo

41 Sochi é uma cidade litorânea na Rússia, situada junto ao Mar Negro.

acabe e que haja paz entre a Rússia e a Ucrânia. Eu quero visitar minha bisavó.

Mais tarde, seguimos uma estrada sinuosa até o topo do Pico de Howth. Nós saímos do carro e uma vista linda do mar se abriu à nossa frente. Nós seguimos por um caminho e vimos um farol na beirada da costa. Estava cercado de penhascos e atingido implacavelmente pelas ondas. Elas pareciam competir umas com as outras e quebrarem de forma triunfante nas pedras. Os navios passavam um depois do outro. O tempo estava lindo, não havia uma nuvem no céu. Se você pegasse um barco de lá, dava para chegar ao País de Gales. Na beira da água, parecia que não havia fim no mar. Um horizonte sem limite. Eu me sentei em uma pedra quente e fiquei olhando... Tanto sofrimento...

1° de abril de 2022

Dia 37

Primeiro dia de aula • Novos professores e colegas de escola • Saudades da minha escola antiga

Hoje foi meu primeiro dia de verdade em uma escola irlandesa. Eu fiquei empolgada. Vesti meu uniforme novo azul-petróleo assim que acordei. Nós entramos no carro e atravessamos Dublin para chegar à escola. Havia muito trânsito, mas quando passamos pela ponte eu me senti animada de fazer parte de tudo. Carrinhos seguindo a vida como abelhas em uma colmeia. E o sol estava chamando todo mundo para sair da cama. A cidade estava ganhando vida.

A aula começou às oito e meia. Ufa! Cheguei a tempo. Meus novos colegas de turma me deram as boas-vindas e todos foram muito simpáticos. Assisti a cada aula com avidez, o rosto grudado no aplicativo de tradução. Tive que mudar do que eu estava aprendendo na minha escola ucraniana para o currículo irlandês... e fazer tudo em um idioma diferente. A escola é só de meninas e fiz amizade com algumas delas. Foi tudo muito emocionante. Tudo é em inglês. Tem pianos de cauda ali nos quais posso tocar música. Novos professores. Quadras de tênis de grama. Uma biblioteca enorme. E o campus da escola é muito bem-cuidado. É incrível! Meus novos amigos e professores foram todos legais, mas senti saudade dos antigos. A guerra nos obrigou a nos espalhar pelo planeta.

As pessoas estão fugindo de Kharkiv todos os dias. Nossa amiga Marfa não é exceção. Desde o começo da guerra, ela e a família ficaram tendo que mudar de um porão para outro. Como o soldadinho de chumbo[42], eles aguentaram o máximo que puderam por não quererem sair de casa. Todos os dias, eles tinham esperanças de que tudo aquilo acabasse em breve. Mas tudo mudava em um instante. Um míssil caiu bem perto de onde eles estavam, matando uma criança e espalhando corpos por todo o bairro. Agora, eles sabem que precisam fugir. Estão procurando um grupo de voluntários que ajude a família grande (sete pessoas) a sair de Kharkiv e ir para Dnipro.

Não suporto a palavra "refugiado". Nunca gostei. Quando vovó começou a se referir a nós como refugiadas, eu pedi na mesma hora para ela parar. Por dentro, me deixava com vergonha. Eu só agora entendi o porquê. Eu tenho vergonha de

---

42 O soldadinho de chumbo é um conto de fadas escrito por Hans Christian Andersen em 1838 sobre um soldadinho de chumbo de brinquedo que fica esperançoso perante a adversidade.

admitir que não tenho um lar… Tem sido insuportável desde que fugimos do nosso apartamento para ir para o porão. Meu sonho é que um dia nós tenhamos nossa casa de novo.

Eu com meu novo uniforme escolar.

25 de abril de 2022

Dia 61

**Nossas coisas são recolhidas •
Minha gata Chupapelya está em segurança •
O estado do nosso apartamento**

As coisas estão finalmente aliviando, depois de quase dois meses inteiros de guerra! Esse tempo todo, nosso apartamento ficou lá, foi bombardeado de dois lados, as janelas estilhaçadas e a porta derrubada. A pior parte é que o bombardeio continuou mesmo durante as comemorações da Páscoa Ortodoxa[43]. Eles não têm vergonha! É difícil demais de suportar!

---

[43] As comemorações da Páscoa Ortodoxa na Ucrânia consistiriam tipicamente em reuniões familiares e jantares festivos.

Quando nós finalmente percebemos que devíamos começar a pegar o que restou das nossas coisas no apartamento, nós falamos com várias pessoas para ver se conseguíamos arrumar alguém que pudesse tirar nossas coisas daquele lugar perigoso. Vovó acabou pegando o telefone de uma pessoa chamada Trofym, que podia nos ajudar. Ele falou que pegaria qualquer coisa que a gente quisesse, até o lustre, sem problema. Ele já tinha feito mudança de lojas inteiras, carros e apartamentos. Nós só precisávamos dizer para ele onde pegar as coisas e onde deixar e que ele iria lá logo cedo (desde que não houvesse tanto bombardeio) e pegaria tudo que pudesse.

Quando fugimos do nosso apartamento, eu não tive tempo de pegar minhas tintas a óleo (um presente de Ano Novo[44] do meu avô), minhas roupas favoritas nem o mais importante, minha linda gatinha de pelúcia rosa Chupapelya!

Vovó fez uma lista de todas as coisas que ela queria que fossem resgatadas do apartamento e onde encontrá-las. Ela incluiu as minhas tintas, mas disse que Chupapelya ficaria bem. Eu fiquei triste, mas espero que ele a pegue mesmo assim e leve para a casa da amiga da vovó, junto com o resto das nossas coisas. Nós combinamos que amanhã de manhã cedo ele iria buscar nossas coisas.

Mas, antes disso, hoje ele foi procurar o carro da nossa amiga, para ter certeza de que ainda estava inteiro e não tinha sido roubado. Ele também passou no nosso apartamento e no da nossa amiga para ver o estado em que estavam.

Primeiro, ele verificou o carro da nossa amiga. Ainda estava onde ela o deixou. As janelas estavam quebradas (por causa de uma explosão) e as portas e o porta-malas estavam

---

44 A URSS era um Estado ateu e o Ano Novo substituiu o Natal como celebração principal de inverno. Embora o Natal seja comemorado agora (por ortodoxos e católicos), os presentes são trocados no Ano Novo.

A destruição terrível no meu apartamento. Esse é o corredor. Dá para ver a geladeira alemã da vovó no chão. Meses depois, Trofym voltou ao nosso apartamento e encontrou uma munição sem explodir bem ali, debaixo da geladeira. Ele saiu correndo para salvar a própria vida. Graças a Deus ele ficou bem.

O que sobrou da entrada do meu apartamento.

meio danificados. A frente do carro, junto com o capô, estava bem, o que significava que dava para dirigir, ou teria dado se não fosse o fato de que a bateria tinha sido roubada.

Depois disso, ele foi para o nosso apartamento, e foi sofrido olhar, apesar de só estarmos vendo uma foto em uma tela de telefone. Trofym descolou a fita que prendia a porta de entrada e a tirou do caminho. Dentro, o corredor, como mencionei antes, estava coberto de escombros e a geladeira alemã estava caída no chão e a parede estava afundada. O guarda-roupa perto da porta estava em pedacinhos. Havia roupas para todo lado. As janelas do quarto estavam estilhaçadas, os vasos de flores tinham caído dos parapeitos. Na cama estava minha gata de pelúcia Chupapelya. Por algum milagre, ela tinha sido poupada. A televisão da sala estava quebrada. O sofá virado para o corredor também foi atingido (muito). Mas nossa poltrona, que ficava ao lado do corredor, estava intocada. A sala estava coberta de uma camada grossa de poeira.

Trofym vai até o apartamento pegar nossas coisas às seis e meia da manhã no horário da Ucrânia. Coloquei o despertador da vovó para quatro e meia e nós duas fomos dormir.

7h30 Eu estava me arrumando para a escola quando a vovó contou a boa notícia. Trofym pegou todos os nossos bens que sobreviveram (ele até conseguiu pegar o lustre de dois metros de largura do corredor cortando direto do teto) e levou para a casa da nossa amiga, Motrona. O mais importante foi que ele também levou minhas tintas a óleo e Chupapelya. Agora, ela está em segurança com Motrona!

Minha alegria foi imensa. Nunca vamos poder recompensar esse homem… Palavras não descrevem o quanto estamos agradecidas! Um peso tão grande tirado dos meus ombros…

1º de maio de 2022

Dia 67

Uma casinha nova • Nossa linda Dacha em Vovchansk

Nos ofereceram uma casa para alugarmos! É uma casinha perto da minha escola, em South County Dublin. Pode não ser nossa, mas eu não me importo.

Fomos dar uma olhada. É uma casinha aconchegante com jardim. A melhor parte é que é só uma caminhada de cinco minutos da minha nova escola. Fomos recebidas por duas mulheres gentis, Linda e Juliette. Elas mostraram tudo. Tem flores por toda parte.

Temos uma dacha[45] em Vovchansk, no nordeste de Kharkiv, é uma casa grande e bonita. Tem muitas árvores frutíferas lá e muitas flores também. Tem um rio perto, o Siverskyi Donets. Eu amava tirar os sapatos e ir nadar em meio aos lírios d'água brancos em flor lá. À noite, a vovó e eu nos sentávamos perto da lareira grande e tomávamos chá. No outono, eu ia passear na floresta de pinheiros e carvalhos e colhia cogumelos. Havia vários tipos diferentes! Cogumelo paris, míscaro, boleto-baio, cantarelo[46].

Isso tudo é ótimo, mas os soldados russos estão lá agora. É tão triste...

Somos gratas ao povo gentil da Irlanda, que nos ajudou a encontrar uma casa nova.

---

45 Uma segunda casa usada para férias de verão e comum em antigos países soviéticos.
46 Míscaro é um cogumelo com um chapéu marrom grande, e boleto-baio é um cogumelo comestível poroso encontrado nos bosques da Europa e América do Norte. Cantarelo é um dos cogumelos selvagens comestíveis mais populares. É laranja, amarelo ou branco e em forma de funil.

Diário de uma jovem na Guerra da Ucrânia **179**

Posfácio

Aqui concluímos essa parte do meu diário. Não sei quantos dias, meses ou mesmo anos mais essa guerra vai durar. Quantas vidas vai levar, quanta dor vai causar, qual vai ser o tamanho do preço que vai cobrar — e que já cobrou — nós só saberemos no futuro. Até hoje, há pessoas sofrendo em Kharkiv, e fico impressionada de elas terem forças e determinação para seguir em frente. Desde que a guerra começou, eu aprendi a valorizar verdadeiramente a minha vida. Mais cedo ou mais tarde, todos aprendem essa lição.

Eu sonhei com o primeiro dia da guerra muitas vezes. Nele, estou prestes a sair, a ir para um lugar seguro, e, com lágrimas descendo pelo rosto, digo aos meus colegas de escola que nunca mais nos veremos.

Em outro momento terrível, a vida virou de cabeça para baixo e tomou uma direção totalmente diferente. Antes da guerra, a vida tinha seus problemas, mas ainda era boa. Eu me lembro de correr para chegar à escola com meus amigos. Me lembro de tentar ficar bonita para os garotos mais velhos. Era tudo como deveria ser. Um dia, estou cansada do jogo de boliche na minha festa de aniversário. No seguinte, estou cansada de ter que correr para o porão toda hora; exausta do medo que cada dia dessa guerra traz.

Talvez, em muitos anos, eu veja meus amigos de escola e minha família de novo. Mas agora estou virando uma nova página, estou fazendo novos amigos e conhecendo novos colegas de escola. O mais importante que eu quero dizer é que eu acredito que só uma fé muito forte pode fazer milagres.

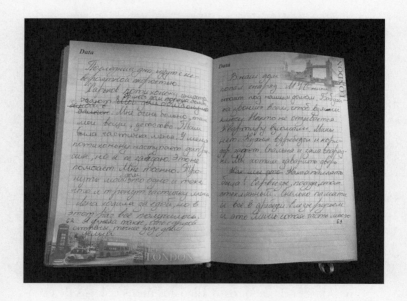

As histórias
dos meus amigos

Quando a guerra começou, meus amigos e eu fomos obrigados a seguir caminhos diferentes. Cada um de nós vivenciou situações e momentos diferentes em que precisamos muito do apoio uns dos outros. Alguns de nós fugiram da cidade no primeiro dia, alguns ficaram até o último segundo, e outros ainda estão em Kharkiv enquanto escrevo isto. Dei a alguns amigos a oportunidade de serem incluídos no meu livro e eles aproveitaram! Pedi que escrevessem sobre suas experiências, além de esperanças e desejos para o futuro.

A história de Khrystyna

24 de fevereiro de 2022, 4h50 — Vou me lembrar da data e da hora para sempre. Da expressão apavorada nos olhos da minha mãe e do tom confuso da voz dela quando ela ficou dizendo: "Acordem, crianças. Se vistam rápido agora, vamos…"

Eu não ouvi a primeira explosão, mas ouvi as que vieram depois e as senti com todo o meu ser.

Às oito horas, em vez de andar com alegria para a escola para encontrar meus amigos e aprender coisas novas, nós fomos correndo para o porão do trabalho da minha mãe (minha mãe trabalha como professora de jardim de infância).

Nós passamos os treze dias seguintes morando nesse porão.

Nos três primeiros dias, havia setenta pessoas morando com a gente: adultos, crianças e pessoas idosas. Havia algumas pessoas vulneráveis que não conseguiam se levantar sozinhas. Também havia três cachorros e um gato chamado Businka. Cada vez que havia bombardeios pesados ou explosões altas, os animais se escondiam debaixo de uma pilha de cobertores.

Nós acordávamos cedo e saíamos do jardim de infância para ir para casa porque precisávamos tomar banho e cozinhar. Nós também queríamos muito estar em casa. Eu passava cada segundo sentindo falta de lá.

Mas, depois de um tempo, não deu mais para voltar para casa. Era perigoso demais sair do porão. As luzes eram apagadas, ficava muito frio e havia menos de nós lá, pois quem pôde foi embora.

A primeira vez que ficou muito assustador foi quando um míssil acertou um prédio próximo e as janelas explodiram. Antes, as explosões estavam meio distantes. Agora, a cada dia, outro apartamento pegava fogo e, a cada dia, havia menos de nós no porão. Muitos foram embora porque suas casas foram destruídas, outros foram porque estava ficando frio demais no porão e as crianças pequenas estavam começando a ficar doentes. De manhã, minha mãe, meu pai e meu avô iam ao mercado tentar buscar o que encontrassem de comida. Nós jogávamos açúcar em um pedaço de pão e fingíamos que estávamos comendo um pedaço de bolo de Kyiv[47] com nosso chá.

Nós dormíamos vestidos em colchões que normalmente eram usados pelo jardim de infância na hora da soneca, mas ainda estava muito, muito frio. Sair do porão para tomar ar fresco era apavorante, principalmente se os bombardeios começassem enquanto você estivesse lá fora. Era preciso deitar no chão. Os estilhaços deixavam marcas nas paredes da escola.

No décimo terceiro dia, o jardim de infância foi atingido por um míssil.

Na ocasião, havia dezenove de nós no porão: doze adultos, cinco crianças e dois homens muito idosos, de 89 e 93 anos, que não conseguiam andar. A maioria das pessoas estava com medo de voltar para cá porque a área estava sob constante bombardeio, mas meu pai encontrou uns voluntários para nos ajudarem a sair. Nós fomos na direção do centro de carro, mas o bombardeio começou lá também e, quarenta e três dias depois que a guerra começou, eu, minha mãe e meu irmão fugimos para a Ucrânia Ocidental.

Algumas das minhas pessoas favoritas no mundo, o papai, a vovó e o vovô, ficaram em Kharkiv. Sinto muitas saudades deles e os amo muito.

Meu maior desejo é que haja paz!

---

47 Bolo de Kyiv é uma sobremesa composta de camadas de pão de ló e merengue com avelãs, cobertura de chocolate e recheio estilo creme amanteigado.

Diário de uma jovem na Guerra da Ucrânia

A história de Olha

Tinha sido um dia comum. Eu voltei da escola, fiz meu dever de casa, conversei com meus amigos, brinquei com a minha gata. Perto da noite, comecei a ficar com dor de ouvido. Minha mãe e eu decidimos que, se a dor não tivesse passado de manhã, eu não iria à escola. Mas minha dor de ouvido não teve nada a ver com o motivo de eu não ir à escola no dia seguinte.

Às cinco horas, fui acordada por uma explosão terrível que confundi primeiro com um terremoto. Fiquei morrendo de medo e vi a expressão de horror na cara dos meus pais. Perguntei a eles sobre as explosões e eles disseram que a guerra tinha começado... Eu fiquei em choque total. Minha gata Busya ficou ao meu lado, como se oferecendo consolo, apesar de as explosões provavelmente terem dado medo nela também. Nós começamos a encher bolsas e garrafas de água. Em pânico, comecei a jogar tudo da mesa em uma bolsa, mas eu sabia que não tinha como levarmos tudo.

As explosões foram ficando mais altas e nós estávamos com muito medo quando chegamos ao térreo do nosso prédio. Lá embaixo, as explosões não pareceram tão altas e deu mais sensação de segurança. Brincar com joguinhos de celular me deu a sensação de estar escondida atrás de um escudo. Tentei não ouvir as explosões, mas elas eram ensurdecedoras. No entanto, apesar do medo que sentíamos, nós ficamos tentando animar uns aos outros.

As ligações e mensagens de texto que eu estava recebendo dos meus amigos e familiares também foram uma boa distração. Nós ficamos no saguão do térreo do prédio, mas, quando as coisas se acalmavam, nós voltávamos em casa para comer alguma coisa ou pegar algo de que precisávamos. No dia seguinte, fomos ao mercado e tivemos que ficar em uma fila de três horas. Enchemos uma cesta de comida, mas começaram os bombardeios de novo. As luzes foram apagadas e corremos para o abrigo do mercado. Quando acalmou, voltamos correndo para casa. Esse mercado não abriu mais. A cada dia que passava, as coisas foram ficando mais apavorantes. Nós não estávamos subindo tanto para o apartamento porque era assustador demais. Nós passamos seis dias sob constante bombardeios e explosões. Ficou particularmente apavorante quando ouvimos aviões voando no céu e fazendo curva acima de nós. Isso nos assustou de verdade. Nós não suportamos passar mais uma noite no saguão do térreo e tivemos que dormir no corredor. De manhã, pegamos nossas coisas, inclusive minha amada gata, e saímos da cidade.

No dia seguinte, uma bomba caiu no nosso prédio. Nós ainda sonhamos em voltar para casa um dia.

A história de Kostya

24 de fevereiro: vou me lembrar desse dia para sempre! Foi meu último dia em casa! Foi o dia em que a guerra começou.

Fui acordado por explosões. Uma, duas... uma terceira... Meus pais acordaram e não entenderam o que estava acontecendo. Só depois de olhar pela janela e ver o céu e os prédios perto do rodoanel em chamas foi que percebemos que o pior tinha acontecido: a guerra!

Minha irmãzinha Tanya estava chorando e a minha mãe estava tentando acalmá-la. Eu fiquei assustado! Nós ficamos paralisados de medo! Quando nos vestimos, meus pais tentaram decidir o que fazer em seguida. Para onde ir? Eu só queria ir para o mais longe das explosões possível!

Nós dirigimos para o centro de Kharkiv. Minha tia trabalha em uma escola lá. É um prédio lindo, grande e velho criado no passado pelo próprio Beketov[48]. Havia muita gente reunida no porão. Todos estavam nervosos e confusos, ninguém sabia o que fazer e o que aconteceria depois. Os adultos transformaram o ginásio da escola em uma espécie de quarto para mim e para as outras crianças. Colchões foram colocados no chão para nos sentarmos e para dormir, e apesar de as mães lavarem o chão, ainda estava muito sujo e empoeirado.

À noite, pessoas dos prédios vizinhos se juntaram a nós. Mas não estavam sozinhas, elas tinham bichos de estimação. Agora, conosco havia cachorros, gatos e até um hamster. Praticamente um zoológico!

---

48 Aleksey Nikolayevich Beketov foi um arquiteto do Império Russo e da União Soviética. Ele nasceu em 1862 e morreu em 1941.

Algumas pessoas dormiam em bancos e cadeiras no porão com os animais enquanto nós dormíamos no ginásio. Nós ficamos nos sentindo bem seguros lá.

Dava para ouvir as explosões, algumas tão altas que perfuravam nosso coração. Nós começamos a conseguir identificar se uma explosão estava perto o suficiente para precisarmos nos preparar ou se era algo distante. No sexto dia, nós ouvimos o som de aviões e ficamos com muito medo. O horror ao nosso redor estava ficando cada vez pior. Nossa situação era desesperadora.

Nós sempre estávamos acompanhadas de um dos pais quando saíamos do nosso "bunker das crianças" para ir ao banheiro ou à cantina.

Os pais fizeram o possível para nos animar: eles inventavam jogos e atividades variados. Por exemplo, eu aprendi origami. No entanto, apesar dos esforços dos adultos, algumas crianças choravam... assustadas por outro BUM! Nós tentávamos ajudá-las a se acalmarem. Nós todos vivíamos como se fôssemos uma grande família, apesar de alguns de nós nem se conhecerem antes da guerra. Nós viramos o sistema de apoio uns dos outros.

Eu passei onze dias no porão da escola antes de sair da cidade de carro com meus pais, minha avó e meu gato, Gilbert. Fiquei chocado e chateado de ver pela janela do carro todos os prédios que tinham sido destruídos. Não se vê isso quando se está em um porão! Fiquei muito surpreso com a quantidade enorme de carros saindo da cidade. Nós vimos nossos amigos em um deles e até tivemos alguns minutos para conversar. As mães choraram!

Agora, estou na Ucrânia Central, onde está mais ou menos seguro. Mas todos os dias os alarmes nos fazem pular. Algumas pessoas dizem que dá para se acostumar com qualquer coisa. Não! Ninguém se acostuma com isso!

Diário de uma jovem na Guerra da Ucrânia

Eu quero voltar pra casa, em Kharkiv! Ver meus amigos e brincar na rua, sem ter que me esconder das sirenes e explosões constantes. Voltar para a escola, ver meus professores!

Mas, mais do que tudo, eu quero ver sorrisos genuínos nos rostos dos meus pais novamente.

A história de Alena

Na manhã de 24 de fevereiro, fui acordada por um barulho alto, que pareceu uma explosão. Pulei da cama, corri para o quarto dos meus pais e vi que eles também estavam acordados. Eles só me disseram: "Vai ficar tudo bem, querida!"

Vi minha mãe jogar coisas em malas enquanto meu pai saía correndo de casa para ir ao posto de gasolina mais próximo.

O telefone tocou. Era meu irmão perguntando para onde nós íamos. Nós decidimos ir para a casa da minha avó. Antes de sairmos do apartamento, consegui pegar o ursinho de pelúcia, mascote da família. Quando chegamos lá fora, eu só ouvia e via os gritos e lágrimas das pessoas na rua.

Mas olhei para a minha família e imediatamente me senti melhor.

Como somos muitos, tivemos que usar dois carros. As ruas estavam lotadas; estava impossível dirigir. Mas meu pai conhecia um atalho. Fiquei com medo de nunca voltar para casa e ver meus amigos.

Nós finalmente chegamos à casa da vovó! Pareceu que levou uma eternidade para chegar lá, apesar de ser um trajeto de apenas dez minutos. Os homens foram botar o porão em ordem e a mamãe, junto com a minha tia, foi ao mercado comprar comida. Parecia que as coisas tinham se acalmado, mas aí ouvi o telefone tocar e era para o meu tio, que era guarda na fronteira. Ele ia para a guerra! Minha tia começou a chorar e meu irmão, que tinha acabado de completar o serviço militar[50], puxou meu tio de lado e disse que ia com ele. Meu tio respondeu que ele devia ficar e proteger a família e começou a se despedir. Olhei para o meu irmão, que estava com lágrimas escorrendo pelo rosto. Aquela pessoa jovem e forte estava chorando como uma criancinha! Eu também estava chorando, mas aí meu tio veio até mim, me deu um abração e prometeu que voltaria. Ele fechou a porta ao sair e a sala ficou muito vazia de repente.

Mais tarde, ouvimos outra série de explosões. Todo mundo pegou suas coisas e correu para o porão. Primeiro, nós ficamos quietos e prestamos atenção nos mísseis voando sobre a casa.

Eu estava abraçando meu ursinho, rezando em silêncio, acreditando que Deus nos ajudaria. Meu irmão e meu pai voltavam lá fora de tempos em tempos para saber as notícias. Minha tia ficava tentando falar com meu tio, mas ele não atendia o telefone. Nós passamos o resto do dia sentados no porão até as explosões passarem. Depois, voltamos para casa para comer alguma coisa e dormir.

De manhã, acordei pensando que era um sonho ruim, mas caí na realidade assim que ouvi meu irmão gritando que havia explosões de novo. E foi assim por alguns dias, até o dia mais apavorante da minha vida.

A manhã começou como sempre. Nós tomamos café e, às 9h, ouvimos explosões de novo, então corremos para o porão.

Aqui estamos nós de novo, minha família toda e meu amado ursinho, escondidos no porão. Vi meu pai e meu irmão irem lá para fora e torci para que significasse que nós podíamos voltar para a casa, onde eu poderia voltar a ler meu livro favorito do Harry Potter. Mas aí ouvi tiros e a voz de um homem. Estavam mandando alguém se render e disseram que a pessoa só tinha um minuto. Meu irmão e meu pai voltaram correndo e mandaram todo mundo abrir a boca[49] e

---

[49] A onda de choque de uma explosão cria uma onda de pressão no corpo. Se a boca

abaixar a cabeça. Logo em seguida, ouvimos explosões. Era o som da escola do meu pai, onde ele estudou quando criança, sendo explodida. A escola sobreviveu à Segunda Guerra Mundial, mas não sobreviveu a 26 de fevereiro de 2022.

Depois de um tempo, as explosões tinham parado e meu irmão e meu pai saíram do porão, dizendo para todo mundo ficar no lugar. Havia um cheiro forte de fumaça no ar. Quando finalmente pude sair, pensei que tinha chegado ao inferno: tudo ao nosso redor parecia ter sido pintado de vermelho e estava coberto de cinzas. Era a escola pegando fogo. O dia mais horrível da minha vida foi assim.

Cada dia não era diferente do anterior: sempre más notícias e explosões. Mas eu não perdia o ânimo porque tinha meu ursinho comigo.

Um dia, meu pai e meu irmão decidiram que iríamos embora de Kharkiv, mas não conseguiam decidir para onde ir. Mas aí ouvi o telefone tocar de novo: era o meu tio. Ele estava são e salvo! Depois que meu pai e meu irmão falaram com ele, eles disseram que tínhamos que pegar nossas coisas e que nos esperavam em outro lugar. Já estava tarde, eram quatro horas, e estava quase na hora do toque de recolher, mas meu irmão insistiu para entrar no carro e partir.

Nós fomos embora da casa da vovó, mas esse não foi o fim dos nossos problemas. As explosões tinham estourado o para-brisa do carro do meu irmão e tinha chuva e neve entrando quando estávamos dirigindo. Nós tivemos medo de não conseguir!

Acho que minhas orações nos ajudaram. Nós chegamos na casa do amigo do meu tio em um vilarejo fora da cida-

---

estiver fechada, o ar nos ouvidos e na boca não consegue se mover livremente e pode romper os tímpanos. Em casos extremos, o ar nos pulmões pode rompê-los. Abrir a boca tenta dar passagem para esse ar sair do corpo e minimizar o dano.

de. Eram mais de vinte pessoas espremidas naquela casinha. Eles nos convidaram para comer borsch[50] e pirozhki[51]. A noite seguiu tranquila e, pela primeira vez em muitos dias, tive uma noite inteira de sono.

Na manhã seguinte, nós viajamos até chegar em Dnipro. Lá, fomos recebidos por amigos do meu pai. Eles nos deram comida e arrumaram um lugar para nós morarmos. Agora, nós somos vizinhos deles.

Eu quero muito ir para casa, ver meus amigos e, mais do que tudo, só quero abraçar meu tio! Eu sou uma filha da Ucrânia, meu nome é Alena, eu tenho doze anos e só quero ter paz e voltar para casa!

---

50 Borsch, também escrito borscht, é uma sopa azeda tipicamente feita com beterraba, o que dá uma cor vermelha distinta. É um prato tradicional da Ucrânia, da Rússia e da Polônia, normalmente citado como originário da Ucrânia.

51 Pirozhok (singular) e pirozhki (plural) são bolinhos em forma de barquinho feitos com fermento biológico, assados ou fritos, com uma variedade de recheios. Podem ser salgados ou doces e é uma comida de rua popular, bem familiar.

Minha observação final

Quando li as histórias dos meus amigos, comecei a entender tudo que eles passaram... Tudo que ainda estão passando. A guerra nos afetou de tantos jeitos diferentes e ouvir as descrições sobre como as vidas deles mudaram de repente me fez perceber que não há duas experiências iguais em situações assim. Ver casas queimarem todos os dias, querer sair para tomar ar e dar de cara com bombardeios de repente, ter que dormir em lugares frios, improvisados, desconhecidos como porões e escolas... esses são só alguns dos eventos novos e assustadores que tivemos que enfrentar.

Nós não acreditávamos que uma guerra tinha mesmo começado. Era tudo tão estranho: o barulho das explosões, o pavor de bombardeios ao redor, as bombas sendo jogadas em casas e escolas. É sofrido pensar no caos. Nas lágrimas, na dor, no pânico, no medo. Não deve haver nada mais doloroso do que ver uma pessoa amada ir para a guerra e não saber se ela vai voltar.

Nós ficamos muito agradecidos de ter rostos familiares ao redor, fossem da nossa família ou dos nossos bichinhos de estimação. Coisas pequenas como uma fatia de pão com açúcar em cima ou um abraço gostoso em um brinquedo macio eram motivo para seguir em frente. Mas a guerra nunca ficava longe.

Eu sinto muita saudade dos meus amigos, mas espero que possamos nos reencontrar um dia e desejo de verdade que todas as esperanças e sonhos deles se tornem realidade.

Quero terminar dizendo o seguinte: nós somos apenas crianças e merecemos viver uma vida de paz e felicidade!

Agradecimentos

24 de fevereiro. O dia que mudou minha vida.

O dia em que eu comecei a escrever este diário. Sempre que eu me sentia paralisada por dor e medo, eu me sentava para escrever. Nestas páginas, eu compartilhei meus sentimentos, e isso me ajudou a aguentar. Meu objetivo era botar minhas experiências na forma escrita para que daqui a dez ou vinte anos eu pudesse olhar para o passado e lembrar como a minha infância foi destruída pela guerra.

Eu conheci tantas pessoas gentis durante essa época difícil e gostaria de dedicar estas últimas páginas do meu diário a elas.

Minha amada avó Iryna sempre ficou ao meu lado. Ela me apoiou e protegeu desde os primeiros minutos da guerra. Mesmo quando as minhas mãos estavam tremendo de medo, eu tinha certeza de que, enquanto estivesse com a vovó, ela faria tudo ao poder dela para me proteger. Eu não estou viva há tanto tempo, mas sempre confiei nela. Sou muito grata por ela.

Logo ficou claro que não estávamos seguras no nosso bairro e que tínhamos que fugir. A vovó procurou todas as amigas e amigos, mas ninguém pôde ajudar. Só Inna. Ela aceitou nos receber e nos deixou ficar com ela, em uma parte de Kharkiv que estava mais segura. Sou muito agradecida a ela por cuidar de mim e por imaginar formas de me distrair, como pintar.

Quando não conseguimos encontrar um jeito de fugir de Kharkiv e parecia não haver mais esperança, Deus nos enviou Todor e Oleh, dois voluntários incríveis que concordaram destemidamente em nos levar para Dnipro. Eu agradeço a eles pela coragem e gentileza no coração. Durante toda a nossa viagem, eu conheci muitas pessoas incríveis: Rada, Arsenyi, Myna, padre Emilio e Attila. São pessoas com corações enormes e generosos.

Os repórteres do *Channel 4 News* — Paraic, Freddie, Flavian, Tom, Delara e Nik — mudaram completamente a minha vida. Quando eles ouviram a minha história e souberam deste diário, eles decidiram nos ajudar da forma que pudessem. Eles trabalharam arduamente e, graças a eles, conseguimos chegar a Dublin. Essas pessoas incríveis, gentis, brilhantes e generosas estão sempre preparadas para ajudar quem precisa. Elas deixaram uma luzinha brilhante e calorosa no fundo da minha alma.

Em Dublin, fomos recebidas por Catherine Flanagan e pela família dela. Depois de uma viagem longa e difícil, a minha vida virou um conto de fadas. Uma casa linda e uma atmosfera calorosa e aconchegante. Gary nos mostrou todas as partes lindas de Dublin. Catherine me ajudou a me matricular na escola onde ela trabalha. Eles nos ajudaram durante uma época muito difícil das nossas vidas e sou grata a eles.

Eu me sinto segura e à vontade na minha escola nova. Parece que eu sempre fui aluna lá. Tenho liberdade de tocar piano ou ir para uma das quadras de tênis e jogar. As meninas da minha turma me deram boas-vindas calorosas e eu fiz muitas novas amigas. Sou grata pela gentileza e sinceridade delas.

Eu também gostaria de expressar minha gratidão aos donos da casa onde moramos agora. É uma casa linda e estamos muito felizes lá.

Diário de uma jovem na Guerra da Ucrânia

Sou muito grata a Deus por conhecer uma mulher incrível e linda: Marianne Gunn O'Connor, minha agente. Eu poderia encher um capítulo inteiro deste diário dizendo como ela é maravilhosa, mas sou especialmente grata pelo calor, gentileza, compaixão e desejo de ajudar dela. O mundo precisa de mais gente como ela. Tê-la como minha agente é uma grande honra.

Muito obrigada a Michael Morpurgo pelo grande apoio. É uma honra enorme ele ter prestado atenção ao meu livro... e à minha vida. Vou carregá-la comigo para sempre.

Sou especialmente grata à Bloomsbury por se oferecer para publicar este diário. A equipe de lá, principalmente Sally Beets, Lara Hancock, Katie Knutton, Beatrice Cross e Alesha Bonser, se esforçaram muito para me ajudar a ter uma vida melhor. O trabalho que elas fazem para publicar meu livro vai me dar a chance de ter educação e felicidade. Com a ajuda delas, tenho confiança de que as coisas vão dar certo para mim. Estou muito feliz de ser publicada por elas.

Agradeço a Deus além das pessoas gentis que conheci no caminho. Tudo vai ficar bem. Eu acredito nisso!

Eu e a minha avó Iryna. Nós estamos sempre juntas.

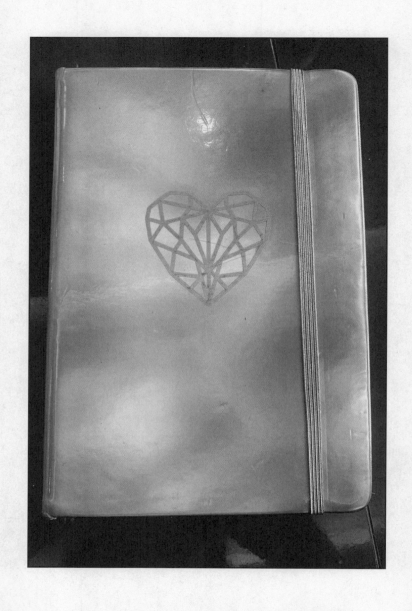

Este livro, composto na fonte Fairfield,
foi impresso em papel pólen natural 70 g/m² na gráfica Corprint.
São Paulo, Brasil, abril de 2023.